Un mauvais rêve

ŒUVRES PRINCIPALES

Sous le soleil de Satan
L'Imposture
La Joie
Un crime
Journal d'un curé de campagne
Nouvelle histoire de Mouchette
Les Grands Cimetières sous la lune
Monsieur Ouine
Dialogue des carmélites
Un mauvais rêve

Georges Bernanos

Un mauvais rêve

Librio

Texte intégral

PREMIÈRE PARTIE

1

Lettre d'Olivier Mainville à sa tante.

Ma chère tante, j'aurais dû vous écrire à l'occasion des fiançailles d'Hélène et le temps passe, passe. Vingt jours à votre Souville, vingt jours tous pareils, avec leur compte exact d'heures, de minutes, de secondes — et encore l'horloge de la paroisse doit vous faire bonne mesure, treize heures à la douzaine peut-être, sait-on ? — vingt jours de province, enfin, c'est quelque chose. Ici, voyez-vous, ce n'est rien. On les arrache au calendrier par poignées, les jours, on les jette à peine défraîchis pour en avoir tout de suite des neufs. Et personne n'a l'idée de vérifier le total, à quoi bon ? Dieu est honnête. Aussi, lorsque vous me parlez de donner l'emploi de mon temps, je vous admire. Le seul point fixe de mon espèce de diorama tournant, c'est toujours, depuis décembre, ma visite quotidienne à M. Ganse — ce que vous appelez si drôlement mon secrétariat. Singulier secrétaire ! J'arrive chaque après-midi à trois heures tapant. Je fume des cigarettes en compagnie du patron jusqu'à cinq heures. Tandis que nous causons — il écoute avidement, cyniquement, il est curieux de tout, avec des étonnements qui me semblent presque naïfs, de brusques retours sur lui-même, absolument déconcertants, qui vous donnent envie de rougir — Mme Alfieri, la première secrétaire, achève de mettre au net les pages dictées le matin. Puis je dois les relire au patron qui commence par hausser les épaules, s'énerve, et à la dixième ligne me prie régulièrement de lui ficher la paix.

Là-dessus il boude généralement vingt minutes, se plaint du froid, du chaud, du bruit de la rue, chicane sa secrétaire au sujet de son parfum favori — « Quelle horreur, ma pàu-vre enfant, on dirait de ces bâtonnets suspects que les filles de Stamboul glissaient dans notre poche après s'en être frotté les dents tout le jour ! » — A ce trait, ou à quelque autre non moins grossier, Mme Alfieri reconnaît que sa journée est faite : elle regarde la pendule, ferme à clef le tiroir de son petit bureau, et disparaît comme une ombre. Si vite que je sorte derrière elle, et pour ainsi dire sur ses talons, je ne la rencontre jamais dans l'antichambre, elle doit passer à travers le mur. Quelle femme passionnante ! Parmi ces gens hardis, parfois hideux, dans cette maison ouverte à tous comme un hall de gare, elle est la seule présence silencieuse, attentive, le seul regard sincère. A peine la distingue-t-on d'abord de ce qui l'entoure, et dès qu'on l'aperçoit, si fine, si menue, il semble que tant de grossièreté va l'écraser, mais sa simplicité a raison de tout. Dans ce monde littéraire où l'envie sous sa forme la plus sommaire en dépit de maintes grimaces reste la seule cor-rection à l'oisiveté, le risque unique, elle n'offre visible-ment aucune prise à la méchanceté des imbéciles. Je crois que peu de gens seraient capables de la haïr, et aucun d'en-tre nous assurément ne songerait à l'humilier. Quel silence, autour de cette personne jamais poudrée ni fardée, vêtue de noir, quelle protection invisible ! Il est impossible de vivre avec plus de simplicité, comme dans une lumière égale et douce, mais partout répandue, qui ne laisse rien dans l'ombre, et cependant l'espèce de vénération qu'elle inspire ne va pas sans une certaine angoisse, perceptible à peine, comme une ride à la surface de l'eau. Est-elle heu-reuse ? Ne l'est-elle pas ? Car on souhaiterait passionné-ment qu'elle le fût ; et au fait, pourquoi le souhaiterait-on ? Peut-être parce que son regard, sa voix tranquille, jusqu'à cette manière de s'incliner dès qu'on lui parle, de se jeter imperceptiblement en avant, de faire face — chacun de ses gestes enfin — semble exprimer une bonté profonde, discrète, une perpétuelle vigilance du cœur. Qu'elle ait souffert cependant, nul n'en doute. Et nul ne doute que cette souffrance ait été à la mesure de ses forces, de la prodigieuse résistance morale dont on la sent capable. Non ! non, ce n'est sûrement pas la joie qui a modelé ce visage pathétique ! Mais jamais non plus la détresse, la vraie détresse, celle qui fait tomber les bras, délier les

mains, la vraie détresse avec sa navrante gr
à creuser d'un pli le front toujours lisse,
celui d'un petit enfant. Jamais cette bouche,
profond sommeil, n'a tremblé d'épuisement, d
ce dégoût puéril qui prélude aux grandes déf
l'âme, marque un de nous d'un trait ineffaç
sorte de flétrissure dont sa pureté restera meur

Ni regret, ni remords, aucune mémoire de l'ob
monté, nul souci de l'obstacle à venir, rien qu'un
infinie, une patience qui à elle seule — pardon
me semble une espèce de sainteté. Car Mme Alfi
nos yeux une vie pleinement, franchement hun
qu'humaine, mais dont nous ne saisissons sans
de loin en loin, et dans un bref éclair, les admi
portions, l'ordonnance un peu sévère, mais tou
et que la divination de l'amitié pressent parfai
plie, un chef-d'œuvre ignoré, semblable à tant d
la nature fait pour elle seule, prodigue vaineme

Chose étrange, on rencontre ici un tas de ge
ou simplement suspects, dont le présent app
— y puise qui veut. A peine se cachent-ils p
encore leurs pauvres coucheries sont la fa
du salon, un bien commun. Leur pass
moins aussi mystérieux que celui des Ph
nent-ils ? d'où sortent-ils ? Le passé d
contraire, est connu de tous, c'est l
échappe. Car l'extrême pauvreté, le dé
elle a brillé jadis, pour son malheur, n
ait choisi — car elle l'a choisie — cel
ingrate, auprès d'un de ces homme
ouvriers de plume, comme vous disiez
est si grossière que le génie même ne
Françoise a dû vous dire qu'elle
l'épouse d'un vieil aventurier italien,
et de tripots qui l'avait rencontrée
Bains où elle était venue se reposer
avoir échoué une première fois au
tion. Tenez, ma tante, un mauvais n
médiocre, c'est ce que vous imag
femme, la disgrâce des disgrâces, l
sement.

D'où vient cependant qu'il m'est i

e union de mon amie sans éprouver autre
ntiment trouble, fait de plus de pitié que de
e faible et ridicule tyran, le bourreau déri-
oyant s'acharner contre un adversaire sans
a finalement détruit que lui-même ? Pauvre
eri ! Edmond prétend qu'il ressemblait à un
ne longue bête caressante avec des yeux
Il l'a vu sur son lit de mort, la tempe cassée. Le
qui était un ami, ou peut-être quelque chose de
réussi à dissimuler sous une couche de fard
cchymose et à boucher le trou avec de la cire...
s d'ici Mme Louise : « Votre neveu s'est toqué
lfieri... » Mon Dieu, c'est vrai que les gens d'ici
t un tel dégoût — j'ose à peine l'exprimer, j'en
Et, sans me vanter, pour des raisons différentes,
i, nous devions finir par sympathiser malgré
disgrâces se ressemblent. Je crois notre amitié
de, presque tendre, et pourtant nous ne parlons
u rarement — de ce que nous aimons — la
exemple. D'un commun accord nous nous en
ls sujets de conversation vraiment possibles,
es : notre besogne, notre absurde et poi-
de chaque jour. Car vous savez, c'est tout
extraordinaire que ce Ganse ! Lorsqu'il
ac et que, le dos à la cheminée, son petit
urnoisement entre la culotte et le gilet
explique aux belles madames qu'il est
re — comme Emile Zola — et grâce à
discipline mentale, il y a certes de quoi

nt les histoires un peu corsées, je vois
le votre petit nez pointu. Bien drôle à
ssaie de jouer les roués de la Régence
s académiques ! Mais pas moyen non
ng-froid dès qu'il redevient lui-même,
se la tête et entre dans le sujet d'un
une brute sans prévoir quoi que ce

e, ou penser en secret : « Pouah ! ce
populiste, un Zola supérieur. » Non !
ontact d'un tel bonhomme, l'appa-
. Thérive se liquéfierait instantané-

ment, et on ne verrait plus qu'une petite flaque de matière oléagineuse, avec une paire de favoris flottant dessus. Oui, oui, je sais vos préférences, Jacques Rivière, par exemple, n'importe ! il y a tout de même quelque chose d'émouvant dans le spectacle d'un vieil écrivain enragé à produire coûte que coûte, à écraser ses jeunes rivaux sous une masse de papier imprimé. Moi qui ai tant de peine à venir à bout d'une nouvelle remontée pièce à pièce, la loupe à l'œil, pivot par pivot, ainsi qu'un chronomètre ! Car en dépit de la haine grandissante des raffinés qui ne lui pardonnent pas de prétendre s'obstiner alors que chaque nouveau livre accuse le fléchissement, hélas ! désormais sans remède, d'un génie fait pour les grosses besognes, la peinture violente et sommaire, d'ailleurs sagace, du Désir, l'auteur de *L'Impure* reste encore aussi redoutable — pour combien de temps ? — qu'à l'époque de ses premiers triomphes, lorsque lâché à travers un beau monde dont sa présomption magnifique ignorait et désirait tout, il en prenait possession, s'y ébattait ainsi qu'un sauvage au risque de gâcher en quelques mois la matière future de son œuvre, toujours flairant et fonçant, tantôt dupe, tantôt complice, avec des contresens énormes, d'épaisses niaiseries, qui font rire, et découvrant soudain par miracle le petit fait unique qu'il a reconnu aussitôt entre mille, d'instinct, seul fécond parmi tant d'autres plus singuliers peut-être, plus brillants, mais stériles, l'épisode magique, le trait unique autour duquel déjà tourne le sujet. Un sujet ! Il a une manière de prononcer ce mot-là qui déconcerterait à coup sûr l'insolence calculée des confrères, leur morgue glacée. Le sujet ! Son sujet ! Aujourd'hui même que sa curiosité survit à la puissance, quand le regard dévore de loin ce que l'imagination affaiblie, saturée, ne fécondera plus, que son effrayante besogne est devenue le drame des matins et des soirs, avec des alternatives d'euphorie traîtresse, de rage, d'angoisse, ce mot de sujet semble n'éveiller en lui que l'idée de rapt et d'étreinte, il a l'air de vouloir refermer dessus ses grosses mains.

N'allez pas me répondre, avec votre habituelle ironie, que je vois le patron à travers sa secrétaire, que j'écris sous sa dictée. Vous seriez loin de compte. Elle ne parle presque jamais de lui, au contraire. A peine un sourire, un regard, un mot échangé avec moi entre deux portes — un soupir d'admiration ou de pitié, parfois de mépris ou de colère. D'ailleurs je ne les vois guère ensemble que la journée faite, au moment de la mise au point. Le plus souvent ils travaillent tous les deux, seuls. Oh ! c'est une collaboration pas ordinaire ! Elle dure depuis dix ans, et Philippe, qui est toujours aussi mauvaise langue, prétend qu'elle pourrait, sans scrupule, signer de son nom les derniers bouquins. On dit aussi... mais ça, par exemple, ça me fait rire ! La vérité est que le patron n'arrive pas à satisfaire les éditeurs, il s'impose ce qu'il appelle horriblement une production régulière, tant de pages par jour, une besogne de forçat — cinq feuilles du roman en train, trois feuilles d'une de ces nouvelles quelconques qu'il publie dans les journaux, sans parler de la correspondance. Alors, naturellement, il s'épargne le plus qu'il peut. Et par exemple, il ne crée pas ses décors, il va les chercher sur place, de ville en ville, autant d'épargné pour la merveilleuse machine qui grince ! Un mot sur la table nous ordonne de faire suivre le courrier poste restante à Châlons, à Brest, à Biarritz, ou dans quelque bourgade ignorée, au diable, et Mme Alfieri l'accompagne seule au cours de ces déplacements mystérieux. Vont-ils seulement à la recherche des décors, ou à celle des acteurs ? Dieu le sait ! En ce cas, et si j'en juge par la qualité des personnages, ils doivent fréquenter, comme vous dites, « un drôle de monde » !

Si je vous rapporte ces potins, c'est d'abord parce que vous les aimez, pas vrai ? On ne vous épate pas facilement, et quand vous me dites que vous devez à mon oncle cette espèce de sang-froid devant le bien et le mal, vous me faites rire. Sûrement, vous êtes née comme ça, on n'arrive même pas à vous imaginer autrement. Vous m'écrivez que je me fais illusion sur votre compte, qu'il n'y a pas grand honneur à prendre ce qui n'est à personne — le cœur d'un pauvre orphelin, sevré de tendresse, réduit jadis à confier ses premiers rêves au giron crasseux de M. le supérieur du petit séminaire de Menetou-Salon, au creux de cette soutane légendaire parsemée de grains de tabac ! N'empêche que j'aurais pu chercher longtemps une tante de votre âge capable de partager mon admiration pour M. Gide, et sans le moindre soupçon de snobisme encore — une espèce d'admiration que notre vieux maître aimerait, parce qu'elle est toute secrète, tout intérieur, qu'elle ne vous empêche pas de donner régulièrement le pain bénit, et que vous n'en laissez jalousement rien paraître aux imbéciles. Il a dû exister ainsi, autrefois, pour la commodité des neveux, des tantes gentiment voltairiennes au fond de délicieuses maisons provinciales, entre une gouvernante dévote et un gros curé sourcilleux qui citait M. de La Harpe, M. de Saint-Pierre, ou M. Louis Racine, le fils... Certes, je ne veux pas faire injure à la mémoire de ma mère — allez ! allez ! je sais que vous ne vous aimiez pas beaucoup — mais enfin j'ai bien le droit de douter que j'aurais pu lui parler aussi librement qu'à vous de Mme Alfieri. Encore moins aurais-je osé la lui présenter, tandis que... tandis que vous aurez beau dire et beau faire, aux prochaines vacances...

Ne prenez donc plus la peine d'insinuer avec quelque perfidie comme dans votre dernière lettre, que les jeunes gens d'aujourd'hui vous déconcertent, et que tout leur cynisme n'aboutit qu'à les jeter, comme de simples coquebins, entre les bras de femmes presque mûres. Il y a pourtant quelque chose de vrai dans les dernières lignes de votre réquisitoire. Les jeunes filles m'embêtent. Les jeunes filles m'assomment. Elles nous embêtent tous. Et d'abord leur camaraderie prétendue nous impose sournoisement des servitudes plus lourdes que n'en ont jamais connu nos pères. Puis, avec leurs mines et leurs grimaces, elles sont horriblement romantiques, elles ne peuvent pas se mettre dans la tête que nous nous suffisons très bien à nous-mêmes, que nous n'avons nullement besoin de faire appel à leurs bons services pour nous réconcilier avec notre petite personne, qui nous est chère. Et qui nous est chère telle quelle, de la plante des pieds à la racine des cheveux, y compris l'âme, si elle a sa place quelque part. Avec le temps, hélas ! il est possible que nous la prenions en grippe, raison de plus pour jouir de cette lune de miel avec nous-mêmes, pas vrai ? Nous d'abord. Je suis bien sûr que tous les jeunes gens ont pensé ainsi depuis le commencement du monde, mais ils n'osaient pas le dire. On leur farcissait d'ailleurs la tête d'âneries sur les jeunes personnes, de comparaisons lyriques tirées de l'ornithologie, de la minéralogie, de l'horticulture — les joues en duvet de pêche, les yeux de diamant, et patati et patata — tout le printemps, toute la pureté, tout le mystère. Eux, ils devaient admirer le front dans la poussière, parce qu'ils étaient laids, qu'ils appartenaient au sexe laid, comme dit le cher vieux gros papa Léon Daudet qui n'a jamais dû, depuis Louis-le-Grand, perdre l'habitude de dessiner des petites femmes nues en marge de ses cahiers.

Qu'on ait fait croire ça à de pauvres types qui n'allaient à l'établissement de bains qu'une fois par mois, et de douze à dix-huit ans marinaient sous la flanelle d'une espèce de peau de poulet, soit ! Nous, ma tante, nous nous savons beaux, et notre mystère, pour le moins, vaut le leur. Alors, mon Dieu, il ne s'agit pas de nous excuser d'être au monde, il faut nous plaire. Nous voulons être soignés, dorlotés, mignotés, nous voulons avoir nos nerfs quand le temps est à l'orage, pourquoi pas ?

Il est probable que les coquebins de jadis allaient aux filles par niaiserie, par timidité — toujours le fameux complexe ! Nous les recherchons parfois, nous, parce qu'il leur arrive de nous aimer comme nous nous aimons, tranquillement, paisiblement, naturellement quoi ! sans scrupules, sans remords. Mais il n'est pas besoin d'être une fille de trottoir pour ça... Et par exemple, Mme Alfieri n'irait pas me vanter la félicité de la mansarde et du pot de fleurs dans la gouttière, en compagnie de Mimi Pinson, elle comprend très bien que le superflu m'est indispensable, que je ne saurais m'épanouir dans ma misérable chambre d'hôtel, en face d'une hideuse armoire, que la question de la chemise et de la cravate est plus grave qu'on ne pense, et qu'il importe plus à un jeune homme d'être beau que de croire en Dieu.

J'admire aussi sa discrétion, sa patience, son adresse à se glisser dans ma petite vie sans être vue, à pas de velours. Elle ne change pas un bibelot de place, et quand elle est partie, on respire tout de même mieux. De véritables confidences, d'elle à moi, pas l'ombre, bien entendu. Mais elle finit par tout savoir, elle apprend de moi ce qu'elle veut. Lorsque vous la verrez, vous serez étonnée de ce qu'elle connaît de vous, de vos habitudes, de votre entourage, de vos amis. La vieille maison grise, elle pourrait m'y conduire les yeux fermés. Le plus extraordinaire, c'est sa mémoire des lieux qu'elle prétend n'avoir jamais vus ! Elle interroge si intelligemment, si simplement, qu'on serait bien embarrassé de dire où et quand on l'a renseignée, mais elle l'est, je vous jure. Au fond, je crois qu'elle me fait marcher, comme on dit... Elle est bien capable d'avoir été là-bas déjà, vous la rencontrerez peut-être un soir, dans le chemin creux, en revenant du salut... De vouloir connaître le paysage familier de mes vacances, cela lui ressemble tant !...

II

— Tenez, mon vieux, dit Philippe, voilà votre lettre, ce n'est pas mal. Comme vous y allez ! « Une longue bête caressante avec des yeux d'homme », j'en ai froid dans le dos, mon cher. Et ce qui m'humilie un peu, c'est que vous n'ayez pas trouvé une place pour moi, dans cette charmante peinture. Le neveu du patron, que diable ! ça mériterait tout de même bien cinq lignes.

Il tendait vers son camarade les feuillets un peu froissés, avec effronterie, de sa jolie main au poignet cerclé d'une chaîne d'or.

— Ecoutez, remarqua Olivier Mainville posément, je me demande parfois d'où vous pouvez tenir ce ton cabotin. Et puis, vous venez de rater votre effet de scène, mon petit. Je savais très bien que vous m'aviez chipé ma lettre, je ne la cherchais même plus.

— Mon Dieu, fit l'autre avec le même sang-froid, c'est bien possible, je ne tenais pas à vous surprendre. Assez bon, d'ailleurs, votre topo sur le patron... Il n'a eu que quelques semaines l'insigne persévérance de me tolérer comme secrétaire, mais j'en sais assez : on ne pouvait pas mieux dire en peu de mots. Malheureusement vous ne serez jamais capable de tirer parti de quoi que ce soit. Avec la moitié des idées qu'il y a là-dedans, vous pourriez être bientôt le maître ici, vous mettriez mon hideux oncle dans votre poche. Mais n'était votre providentielle étourderie, vous vous seriez contenté d'envoyer cette merveille épistolaire à Madame votre tante qui, après l'avoir proposée à l'admiration du notaire et du curé, en aurait recouvert, je pense, ses pots de confiture.

De la pointe du tisonnier, tout en parlant, il éparpillait

les cendres, sa jolie tête penchée vers la flamme avec un sourire triste.

— Je ne vous ai pas chipé la lettre, mon vieux, vous l'aviez laissée traîner sur le bureau du Maître avec la copie de la veille — une belle gaffe ! Je me demandais même tout à l'heure si vous ne l'aviez pas fait exprès.

— Il l'a lue ? dit Olivier, pâle de colère.

— Ça vous étonne ? Il m'a prié de vous la rendre. Il vous en parlera tantôt, sans le moindre embarras. Pensez donc ! Un document sur la jeunesse ! Ça fait douze pages de texte ! Il jubile.

— Et vous ? Pas mécontent non plus, je suppose. Entre nous, l'oncle et le neveu, vous faites la paire.

— Oh ! pardon. Si vous vouliez réfléchir une seconde au lieu de gigoter comme un gosse, vous comprendriez que mon indiscrétion — pour parler la langue de votre austère province — est parfaitement justifiée. J'ai agi dans votre intérêt, mon cher. Car je prévois que selon votre habitude, après avoir moralisé tout votre saoul, vous allez me demander conseil.

Ce disant, il frappait à petits coups, selon le rite, du bout de sa cigarette, le plat de l'étui étincelant où il voyait trembler sans déplaisir l'image de plus en plus troublée de son regard, deux ombres bleues, insaisissables.

— Je n'ai pas besoin de vos conseils. Trop est trop, voyez-vous, Philippe, j'en ai assez. Remarquez que je ne fais pas de scène. L'histoire de la lettre va me servir d'un bon prétexte, voilà tout. Si je fiche le camp, retenez bien que ce sera parce que je l'aurai ainsi voulu, pour mon bon plaisir.

— Oui, oui, je connais l'antienne, vous l'avez répétée assez souvent. Moi aussi je vous rends service pour rien — pour le plaisir... Oh ! vous pouvez rire ! Au fond, nous sommes exactement pareils, vous et moi, terriblement, vous êtes du moins l'homme que je serais si je n'étais celui-ci — l'homme que je deviendrai peut-être demain, qui sait ? Car j'étais comme vous, ma parole, à mon arrivée chez l'oncle Ganse, un être aussi gentiment démodé, un bibelot de prix, enfin juste de quoi tourner la tête au vieux maître, jambonné par trente-cinq ans de vie littéraire — aussi dur à présent que de la carne — ah ! le salaud ! Car vous vous croyez naïvement imbibé jusqu'aux moelles des liqueurs de *L'Immoraliste* — un vrai petit ange noir — et ce que vous apportez ici, dans notre air, nigaud, c'est une bonne odeur de vieille maison sage, carreaux cirés, naphtaline, et toile de Jouy... Jamais le gros nez de Ganse n'a flairé ça — son père était crémier rue Saint-Georges, rendez-vous compte !

Depuis longtemps, Mainville avait quitté son poste auprès de la fenêtre. Assis en travers de la table, jambes pendantes, les coudes posés sur les genoux, il écoutait maintenant sans rancune, approuvait même chaque phrase d'un plissement de ses longues paupières.

— Et quant à votre fameuse Mme Alfieri, mon... petit pigeon, peut-être qu'elle vaut mieux que toute la maison ensemble, mais diablement dangereuse, cette sainte-là, mon cher ! Une drôle de sainte ! Si invraisemblable que cela vous paraisse, Ganse ne la lâchera pas. Nigaud que vous êtes ! Il a mis cinq ans à l'imbiber de sa littérature, elle dégoutte littéralement de ses sucs, et il devrait perdre le fruit de son épargne, alors qu'il serait lui-même vidé à fond ! Bernique ! Il presse maintenant le gâteau de miel, il le pressera jusqu'à la dernière goutte. Vous ne voyez donc pas que sans en avoir l'air, elle est en train de lui sécréter son livre ? Oui, même en faisant la part des exigences du style épistolaire, votre portrait... euh ! euh !... Une espèce de sainteté, soit, mais laquelle ? Il y a des saintetés défendues, mon cœur, aussi défendues que le fruit de l'arbre de Science. Après ça, bien entendu, vous ferez ce que vous voudrez.

Il tira une autre cigarette de son étui, la tête un peu penchée, comme pour mieux entendre la réponse qui ne vint pas.

— En tout cas, reprit-il, vous auriez tort de ficher le camp pour une blague. Lire une lettre qui lui tombe par hasard sous la main, c'est aussi naturel au vieux Ganse qu'écouter une conversation en chemin de fer, au restaurant, au café, c'est un geste professionnel, la discrétion n'est pas son fort. Et quant à moi, ne me prenez pas pour un imbécile ; votre fantaisie épistolaire est truquée de la première ligne à la dernière ligne, un vrai morceau de bravoure fait pour être publié un jour ou l'autre — un chapitre de votre prochain roman — ne dites pas non !

Il affectait de pouffer entre ses deux longues paumes, le regard un peu faux, le front barré d'une grosse veine bleue.

— Croyez ce que vous voudrez, dit Mainville. Vous mériteriez une calotte.

— Quoi ? fit l'autre avec une grimace insolente. Des réflexes de seigneur, hé ? Quand on a la chance d'avoir encore du tempérament, il faut être bien bête, mon cher, pour se fourrer de l'héroïne dans le nez. A propos, pouce ! Voulez-vous un tuyau ?

— Je me fiche de votre tuyau.

— On dit ça... Et remarquez que je pourrais tirer gros de ce tuyau-là, mais j'ai cessé de m'intéresser aux affaires, je le donne pour rien. Cent francs les dix grammes, ça colle ?

— Je ne prise plus, dit Olivier froidement. Non.

— Parole ? Et d'ailleurs, ça ne m'étonnerait pas, ce serait assez dans votre genre. Seulement, mon petit, avec la drogue, vous perdez votre temps. Pas la peine de faire l'enfant gâté, mon cœur.

Il allait et venait à travers la pièce, prenant d'ailleurs grand soin de laisser la table entre lui et son compagnon. Puis il se tut et, levant sournoisement le bras à la hauteur de son front, feignit de rattacher à son poignet la chaîne d'or.

— Assez de singeries, dit Olivier — mais cette fois avec un sourire — je ne suis pas assez niais pour croire que Ganse vous ait simplement chargé de me rapporter ma lettre, après l'avoir lue. Qu'est-ce qu'il veut de moi, au juste ?

— La paix. Ou du moins ce qu'il appelle de ce nom, vous savez bien ?... Enfin il s'est efforcé de me mettre dans la tête une sorte de note diplomatique, à l'intention de Votre Seigneurie : nécessité du travail, bonne entente, collaboration sans arrière-pensée, respect de l'œuvre commune, ordre, discipline, etc., etc. Bref, il vous accuse, en somme, de prétendre jouir pour vous seul de son indispensable secrétaire...

Le regard du jeune garçon filtra de nouveau entre ses cils une lueur douce, équivoque.

— Qu'il la garde, au contraire, je ne demande que ça. Mais Simone n'est pas de celles qu'on plaque salement. Et d'ailleurs...

Il refit soigneusement, des deux mains, le pli de son pantalon, et d'une voix aussi douce que son regard :

— Avouez qu'il est difficile d'être mufle envers une femme avec laquelle on n'a pas couché.

— Juste, répondit l'autre sur le même ton. Et pour être franc, je me demande si le patron sait ce qu'il veut. Question de femmes, il a des idées simples, et jamais deux à la fois. De plus il emploie un vocabulaire impossible, des mots à lui, qui ont dû lui être fournis en 1900 par son tapissier, avec le reste de l'ameublement — doublures de molleton, fauteuils capitonnés — des mots faits pour tenir l'esprit au chaud, comme les fesses. Enfin, voilà ce que j'ai retenu de ses propos : Mme Alfieri est une femme supérieure, et comme toutes les femmes supérieures de son âge elle subit une crise. Une crise qu'elle surmontera courageusement, grâce à la nourriture spirituelle puisée aux livres de Ganse, pourvu que Votre Seigneurie n'y mette pas obstacle, c'est-à-dire ne l'entraîne à des actes irréparables...

— Quels actes ?

— La fuite, mon cher. La fuite à deux, vers des paradis baudelairiens. Il y a des précédents : Liszt et Mme d'Agoult — bien que je ne vous fasse pas l'honneur de vous comparer à ce bouc idéaliste et mélomane.

— La fuite ? Il en a de bonnes, votre oncle ! Et où fuir ? C'est comme s'il me soupçonnait de vouloir acheter les joyaux de la couronne d'Angleterre. La fuite est hors de prix.

— Bien sûr. Mais de son temps, vous savez, le prix de la chose n'avait pas grande importance : ils n'allaient jamais plus loin que Rambouillet. C'était un mot conventionnel, analogue aux feux, aux chaînes de l'ancienne tragédie. N'empêche que vous devriez calmer votre... la... enfin comment dites-vous ça ?

Il reprit effrontément les feuillets qu'il avait posés sur la table.

— La... la... bon ! j'y suis : « la seule présence silencieuse, attentive, le seul regard sincère... ». Inutile de me foudroyer du vôtre, seigneur : vous voyez, j'ai déjà la main sur le bouton de la porte. Ainsi !...

Mais le visage de son interlocuteur n'exprimait aucune menace. Il s'inclinait peu à peu vers l'épaule droite, avec cette grimace, si émouvante et si comique à la fois, de l'écolier aux prises avec un texte difficile. Comme toujours, après une lutte brève, Mainville devait céder à un compagnon en apparence semblable à lui, pourtant bien différent, d'une autre espèce. Et comme toujours aussi l'aveu muet de sa défaite éveillait chez son ennemi familier une espèce d'amitié obscure mêlée de rancune, avec on ne sait quoi de fraternel.

— Allons, dit Philippe, pas de blagues. Je me demande pourquoi nous passons le temps à nous chamailler, c'est la maison qui veut ça. Quoi ! nous sommes ici comme des sages parmi les fous. Car les vieux sont fous, j'en suis sûr, la vieillesse est une démence. Il y a des jours où je me réveille avec cette idée-là, et jusqu'au soir je marche de long en large dans ma chambre avec le sentiment — non ! — la certitude — vous entendez ? — la certitude d'une solitude si affreuse que je délibère sérieusement de devenir moine ou poète. Car tous ces types sont vieux, n'importe leur âge. Et nous aussi, Mainville, nous le sommes, peut-être ?... Comment savoir ? On ne peut se comparer à personne, alors pas moyen de juger... Voilà des années et des années — tenez, ma parole, depuis le collège — que j'ai l'impression de me jouer à moi-même la comédie de la jeunesse, exactement comme un fou se donne l'illusion de raisonner juste en alignant des syllogismes irréprochables, sur une donnée absurde. L'autre jour, chez Rastoli, un chauffeur russe m'a dit : « Vous avez l'âge de votre classe, sale bourgeois ! » Si c'était vrai ?...

— Je le voudrais. Ils sont forts quand même, allez, les vieux jetons, ils tiennent le coup ! Deux ans après leur sacrée guerre, on les a crus démodés tous à la fois, vlan ! — quelle aubaine !... Hein, Philippe, vous vous rendez compte ? Des gens qui auraient pu être nos pères, presque nos frères, nos frères aînés, reculant soudain dans le passé, devenus les contemporains de M. Guizot ou de M. Thiers... Jusqu'aux guerriers, aux guerriers de la guerre qui sont revenus dans le fond de nos provinces si couillons ! Les cuirassiers de Reichshoffen, quoi ! Et dociles ! Dieu, qu'ils nous paraissaient bêtes ! Eh bien ! ceux-là aussi, ils ont tenu. On avait beau se ficher d'eux, ils serraient les fesses, et ils nous repoussaient tranquillement, peu à peu, dans un petit monde à nous, rien qu'à nous, à notre usage, où ils venaient sournoisement mettre le nez à leurs moments perdus, histoire de se dire à la page, affranchis... Leur politique, en avons-nous assez ri de leur politique ! On ne se méfiait pas, on croyait qu'ils jouaient ça entre eux, comme la manille ou la belote. Mais c'était nous qu'ils jouaient, nous étions l'enjeu, et nous ne le savions pas. Quand le troupeau devenait gênant, ils ouvraient à deux battants la porte du pré littéraire. Ils nous ont laissés entrer là-dedans pêle-mêle, l'un poussant l'autre, comme à la foire. Et ces vieux finauds d'éditeurs qui jouaient de la prunelle à la porte de leur boutique... Place aux jeunes ! Nous ne pouvions pas seulement bâiller le matin sans trouver au pied du lit un bonhomme des *Nouvelles littéraires*, son stylo à la main. Mais ils ne perdaient pas le nord, ils la voyaient venir de loin, la Crise ! Et ils l'ont eue, la Crise, comme ils l'avaient eue, leur Guerre, à l'heure dite ! Elle est venue comme une gelée d'avril, tous les bourgeons grillés d'un seul coup, foutu le printemps ! Et les arbres presque centenaires, des vieux troncs caverneux grouillant de vers pareils à des chicots dans une bouche d'avare, qui se sont mis à reverdir au bon moment... Tenez ! si l'on m'avait dit, voilà cinq ans, que je me retrouverais un jour chez le vieux Ganse, en qualité de secrétaire !...

Le joli visage de Philippe marquait cette espèce d'ennui, de lassitude dont son compagnon enviait secrètement l'impertinence, bien qu'il la jugeât, au fond de lui, un peu vulgaire.

— Oui, fit-il. Moi, vous savez, je n'en pince pas beaucoup pour les arts. A votre arrivée ici, le patron m'a dit que vous aviez mis en train quelque chose, une grande machine, je ne sais quoi ?

— Peuh ! une grande machine, non, mais ç'aurait pu être assez curieux. C'était une vie...

— Une vie ? Ah ! je vois ça... Une vie de Jeanne d'Arc, de Napoléon, de Deibler ?

— C'était une Vie de Dieu, répliqua gravement Mainville.

— Bigre.

Il se détourna pour ne pas voir s'empourprer les joues du secrétaire, aspira profondément la fumée de sa cigarette et dit d'une voix rêveuse :

— On peut toujours blaguer la littérature des vieux jetons. C'est épatant de penser que nous finissons par lui ressembler, nous ressemblons à leur sale vie. Que voulez-vous, mon cœur, c'est votre faute, nous avons laissé le décor en place. Profession, patrie, famille, vous ne voudriez tout de même pas jouer là-dedans une pièce surréaliste, non ? Ou alors, il faut la jouer pour soi seul, pour soi tout seul. Ainsi, tenez, au début, ça bichait très bien entre nous, mon oncle et moi — à ne pas croire !... J'étais pour lui la jeunesse moderne, la jeunesse moderne, c'était moi. Et sans en avoir trop l'air — car il est rusé, au fond, le vieux singe — sa grosse patte tachée d'encre me poussait tout doucement — toc ! toc ! — j'aurais fait la culbute dans un de ses livres. Le pis, voyez-vous, c'est que je serais devenu facilement l'un de ces quelconques guignols dont il croit tenir les ficelles, et qui sont tous, quoi qu'il en dise, d'abominables petits Ganse — je devenais Ganse...

Il laissa errer son regard au plafond.

— Vous me répondrez qu'on pourrait se débarrasser des vieux jetons, les tuer. Autant avouer alors qu'on est frères, on ne se tue bien qu'entre frères, toutes les guerres sont fratricides... Moi, j'aime mieux croire qu'il n'y a rien de commun entre eux et moi, que nous ne serions même pas fichus de nous haïr.

Il jeta sa cigarette et conclut :

— Vous devriez venir avec moi à la cellule, Olivier, c'est crevant.

— Peuh ! vos copains communistes, ils ressemblent aux types des séminaires. Mince de classe du soir ! Avec ça, ils sentent mauvais.

— Erreur, mon cher. Très propres.

— Oui, trop propres ou pas assez. Ils sentent l'eau de la fontaine, le savon de Marseille et le bleu de linge... J'aimerais autant la crasse, parole d'honneur.

— Point de vue, fit l'autre avec un sérieux comique. Il y a du vrai dans ce que vous dites. Et c'est exact aussi qu'ils sont diablement studieux. Une révolution, forcément, on devrait faire ça pour rigoler, à mon sens. Et c'est pourquoi ils ne la feront jamais tout seuls, ils ont besoin de nous. Question de mise au point, d'esthétique...

— Alors, mon cher, vous jouerez les Saint-Just sans moi : je tiens à ma peau.

— Saint-Just, précisément... Parce que les intellectuels du Parti, mieux vaut ne pas en parler, quels miteux ! Encre et poussière. A les entendre ils vont manger la société, tu parles ! Je les vois d'ici nouer leur serviette autour du menton, essuyer leur verre, et s'emplir de salade de concombres, comme à la gargote. Oui, plus j'y réfléchis, plus je pense que la révolution ne saurait se passer de nous.

— De nous ?

— De moi, si vous voulez, de jeunes bourgeois dans mon genre. Il n'y a que nous pour mettre en scène une belle Terreur, une Terreur pareille à une grande fête, une splendide Saison de Terreur.

— La semaine de Cruauté, quoi ?

— Il faudrait beaucoup plus d'une semaine, répliqua Philippe, songeur. Seulement, nous n'aurons pas la force, voyez-vous, mon cœur. Je crains que nous n'ayons une préférence involontaire pour une cruauté plutôt gratuite, abstraite, nous ne verrons pas assez grand. Nous sommes nés en pleine guerre, que voulez-vous ? Le sang versé ne nous fait pas peur, il nous dégoûte. Trop vu, trop touché, trop flairé ça — du moins en rêve. L'empereur Tibère n'aurait pas fini par les bains de sang, s'il avait commencé par là.

Il passa doucement le bras sous celui de son compagnon et ils restèrent un moment, serrés l'un contre l'autre, dans la lumière pâle de la fenêtre.

— Écoutez, mon petit Philippe, dit Mainville, réflexion faite, ça m'embête de discuter le coup avec le vieux. Tâchez de lui faire comprendre qu'après avoir eu l'indélicatesse de lire ma lettre, il agirait mieux en...

— Des nèfles ! Autant demander d'enseigner la pudeur et les belles manières aux singes du Zoo... Et, soyez tranquille, rien à craindre : il se croit des droits sur vous, il sera paternel. D'ailleurs le style de votre petite machine l'enchante : « Si neuf, si frais, et des inexpériences exquises », j'aurais voulu que vous l'entendiez. Sa grosse langue sortait de sa bouche, j'avais beau me dire qu'il n'avait entre les mains qu'une feuille de papier, je me demandais s'il allait la violer, votre lettre !... Bref, il a une commande pour *Fructidor*, une histoire romancée genre Reboux, sur l'époque de la Régence, et il pense que vous ferez ça très bien, sucre et poivre... Mais, à propos, mon petit Olivier, il est de vous, le morceau ? de vous seul.

— Dites donc !

— Oh ! je ne doute pas de vos talents. L'idée simplement

que vous soyez venu à bout de ce pensum... vous êtes tellement paresseux, mon cœur !

Les yeux pâles d'Olivier marquèrent à la fois de l'inquiétude et une vanité cynique qui finit par l'emporter.

— Une combine de Simone, dit-il d'un ton de fausse
indifférence. Elle voudrait se faire inviter par ma tante.
Elle est folle de Souville, sans l'avoir jamais vu.

— Jamais vu ? quelle blague ! Tenez, pas plus tard qu'en
novembre dernier, elle y est allée, à Souville, entre deux
trains. C'est Rohrbacher qui m'a raconté la chose. Vous
ne croyez pas ? Une nuit, chez Larcher, elle nous a même
montré des photos — une grande boîte grise très seigneu-
riale...

— Possible qu'elle ait voulu voir les lieux où s'écoula
mon enfance, dit le secrétaire sur un ton railleur. Où serait
le mal ? reprit-il avec une assurance grandissante, car Philippe venait de lui tourner le dos. Est-ce que vous allez me
rendre responsable de toutes les idées qui peuvent passer
par la tête d'une femme sentimentale ?

— Gardez vos secrets, répliqua l'autre froidement. Il
faudrait que vous soyez encore plus nigaud que vous fei-
gnez de l'être pour ignorer dans quelles mains vous risquez
de tomber. Allons donc ! La dernière chose dont puisse
douter un garçon de votre sorte, c'est de son propre pouvoir sur un être qui vaut mieux que lui. Seulement, n'espé-
rez pas vous en tirer cette fois comme d'habitude, avec une
pirouette et un mot d'almanach. Détrompez-vous, mon
cher.

Il posa sur la poitrine de son camarade un doigt long et
osseux, effilé comme un poignard.

— Nous avons un petit cœur à l'épreuve de la balle, un
vrai petit silex bien roulé, mais des nerfs fragiles et pas
plus de volonté qu'un poulet de grain.

— Possible ! riposta le secrétaire sans le moindre
embarras. Mais pour me laisser bluffer par la littérature...

— Il y a littérature et littérature, observa Philippe d'un
air pensif, son fin visage tout plissé par cet effort insolite.
Ces gens-là croient à la leur. Et ils n'ont pas tort d'y croire :
sans elle, mon cher, ils ne sauraient rien.

— Ganse ?

— Ganse et les autres. Voyez-vous, mon cœur, je ne me
pique pas d'aligner des phrases sur n'importe quoi, mais

j'observe, je pèse et je mesure. Entendez mon imbécile d'oncle parler de ses œuvres — Son Œuvre ! « Un véritable écrivain ne peut pas avoir d'enfants », explique-t-il. Parbleu ! Il aurait été capable de les aimer, ça aurait avancé de dix ans, de vingt ans la décomposition, d'ailleurs inévitable, de ses quarante bouquins. Je ne suppose pas que vous coupiez dans le bobard de son génie créateur ?... Oh ! je sais ce que vous pensez en ce moment, qu'après tout il est mon oncle. Mon oncle ? Si j'étais sûr d'avoir une seule goutte de ce sang-là dans les veines...

— Quoi ? vous n'êtes pas...

— Mais non, grand nigaud ! Tout le monde connaît l'histoire, du moins telle qu'il l'arrange, pour les besoins de la cause.

Les yeux gris parurent soudain verdir, et il passa convulsivement les mains sur son visage bouleversé.

— D'ailleurs, ça ne vous regarde pas. En quoi diable mon histoire pourrait-elle vous intéresser ? Sans me vanter, je valais jadis mieux que vous, mon vieux. Si nous sommes aujourd'hui camarades...

— C'est que vous êtes tombé jusqu'à moi, hein ? dit Mainville.

Et il ajouta aussitôt avec une tristesse poignante, mêlée d'envie :

— Je n'ai en effet personne à haïr ou à aimer.

Le menton dans ses mains, il levait la tête pour mieux voir son ami, debout de l'autre côté de la table et le regard qu'ils échangèrent n'était connu que d'eux seuls — ce regard d'enfants perdus.

— Personne à haïr ou à aimer. Vous en avez de la veine ! C'est un luxe pour un garçon riche. Dame ! tout le monde n'a pas la chance d'avoir été élevé par un vieil abbé précepteur. — J'ai été potache, moi. Et où ? Au collège municipal de Savigny-en-Bresse, mon cher. Alors Ganse a fait de moi, d'abord, ce qu'il a voulu. Quand je le trouvais à 6 heures du matin, dans son bureau plein de fumée, tout gluant de sueur, les pattes noires et la cendre de pipe dans chacune de ses rides — je croyais voir Balzac, mon cœur...

— Et maintenant ?

— Maintenant... Pour un peu je le plaindrais. Le voilà tombé dans sa littérature comme un rat dans un bol de glu, et ça dégoûte de l'y voir barboter. Il faut l'entendre !

« Je maintiendrai mon rythme coûte que coûte. » Le rythme, vous savez, son fameux rythme, dix pages par jour... Des nèfles ! La veuve Alfieri l'a prolongé de cinq ans, de dix ans peut-être... Parbleu ! Elle était le seul intermédiaire possible entre lui et ce monde. Sans elle, pas un personnage de cette œuvre gigantesque n'eût échappé à son destin : tous Ganse, mâles ou femelles, un grouillement de petits Ganse, livides et grimaçants à souhait. Mais elle le confirmait chaque jour dans l'illusion que ces guignols existaient réellement, existaient en dehors de lui.

— Bah ! vous répétez toujours la même chose. Au fond, vous ne vous consolez pas d'avoir cru en lui, en Ganse.

— Il y a du vrai, fit l'étrange garçon avec un sourire.

— Et puisque vous n'y croyez plus, vous devriez avoir au moins le courage de le haïr ou de l'aimer.

— J'ai pensé à une troisième solution, mon cher collègue. Ficher le camp.

— Depuis des semaines...

— Oui, depuis des semaines je répète ça aussi. Mais vous l'entendez pour la dernière fois, car vous ne me reverrez plus. Le destin aujourd'hui change de chevaux, comme dit Goethe.

— Et où vont-ils vous mener, vos chevaux ?

— La question se pose, je n'ai pas de projets. Entièrement disponible, mon cher... Qu'est-ce que vous diriez, par exemple, d'un suicide, d'un gentil suicide, bien propret, bien tranquille ? Oh ! je vous fais la proposition en l'air, pour rien, pour la forme. Car il est possible que nous soyons lâches tous les deux, il ne s'agit sûrement pas de la même lâcheté. D'ailleurs, je ne compte nullement faire appel, en vue de cette indispensable formalité, à quoi que ce soit qui ressemble à l'héroïsme militaire. Réflexion faite, la chose vous conviendrait aussi.

— Mon Dieu, je ne dis pas non, répliqua Mainville d'une voix peu assurée, bien qu'il s'efforçât de sourire. Quelques pincées de...

— Eh bien, non ! nous différons justement sur ce point, mon cher. J'incline pour une forme de suicide moins raffinée, populaire, un suicide à la portée des copains de la Cellule. Et d'ailleurs, je n'ai plus le sou. La Seine, ou son plus proche affluent, voilà ce qu'il me faut... Dites donc, vous n'allez pas tourner de l'œil, non ?

— Laissez-moi tranquille, balbutia l'autre, livide en effet. Vos plaisanteries sont ignobles.

— Ignobles ? Pourquoi ignobles ? Écoutez, Mainville, si vous me trouvez maintenant une raison, une seule, de prolonger de quelques années mon séjour parmi les enfants des hommes, je renonce à mon projet, parole d'honneur ! Allez, dites ! Ma vie est suspendue à vos charmantes lèvres, mignonne. Réfléchissez avant de répondre, sacrebleu ! Vous avez l'air de mâcher de la cendre. Crachez un bon coup, et parlez !

— Vous me faites marcher... Il est bien entendu que nous blaguons, hein ? Eh bien ! je vous dirai... que sais-je, moi ? Votre révolution, par exemple ?

— Inutile. C'est déjà beau, vous savez, que la révolution m'ait fourni une douzaine de copains qui suivront mon cercueil, à supposer que je remonte des profondeurs de ma rivière favorite. Elle n'est pas pour mon nez ni pour le vôtre, la révolution, ce n'est pas moi qui lui ferai un enfant ! Et quant à tenir la chandelle, zut ! Il faudra trouver autre chose, mon petit.

Il fixa une seconde sur Mainville son curieux regard, tout à coup décoloré.

— Voilà un bon sujet de conversation, mon vieux, de quoi faciliter votre prochain contact avec le patron. Annoncez-lui mon départ pour des régions inaccessibles à sa littérature, et où je ne risquerai plus, à chaque pas, de marcher sur un de ses crapauds bavards. Au premier mot, vous le verrez ravaler le discours qu'il vient de préparer à votre intention...

La main déjà posée sur le bouton de porte, il fit de nouveau face à son camarade dont le sourire figé, encore plein de méfiance, exprimait surtout l'angoisse.

— L'atmosphère de la maison ne vous vaut rien, dit-il avec un rire sec. Vous êtes en train de tourner comme une sauce.

III

Du bout des doigts Mainville essuya son front luisant de sueur. Une fois de plus il se sentait la dupe de ce garçon singulier dont sa volonté chétive, finalement toujours complice de ses nerfs plus fragiles encore, n'avait su se faire ni un ami, ni un ennemi. Quel était le sens de ce dernier avertissement ? Qu'y avait-il de vrai, ou du moins de sincère dans ces violences tour à tour méprisantes ou caressantes qui le laissaient hésitant et humilié, furieux contre lui-même, plus indécis que jamais ? Et pourtant il avait cru jadis trouver en Philippe un allié, sinon un ami, car son cœur effronté, si profondément féminin, n'éprouve le besoin d'aucune amitié. Sans doute la prudence l'avait détourné bien vite d'un être à la fois trop semblable et trop différent où il découvrait avec angoisse le visage de sa propre inquiétude, rendu presque méconnaissable par une espèce de fixité horrible. Et dans le cynisme de son étrange camarade, ses caprices, ses colères sans cause, son rire amer et soudain brisé, ses ruses, il croyait discerner ce que sa faible nature redoutait le plus : l'ombre et comme le pressentiment d'un malheur.

Il souleva l'épais rideau de peluche grenat farcie de molleton, aussi lourde qu'une tenture d'église et dont le drapé savant avait paru jadis, au maître encore jeune enivré de ses premiers tirages, le symbole même de l'opulence. La rue trempée de pluie, avec ses boutiques d'antiquaires toujours vides, le luxe absurde du bureau de tabac luisant de glaces et de cuivres, ses rares passants, lui apparaissait si proche qu'il croyait sentir, à travers les vitres, cette odeur douce et tiède qui était pour lui l'odeur même de la ville.

Certes, il avait autrefois désiré Paris, mais du seul désir dont il fût capable — d'un désir sournois, mêlé d'un peu de crainte. Et il lui en voulait maintenant de l'avoir déçu. Non pas qu'il eût jamais rêvé de la conquérir, comme Rastignac ou Sorel, car toutes ses vanités ensemble n'eussent pas fait une seule ambition digne de ce nom. Ce qu'il reprochait à la ville immense, qu'il avait crue dure et même féroce, c'était justement son extraordinaire, son incompréhensible facilité. De loin hérissée de défenses, réservée, secrète en dépit de son tintamarre hypocrite qui ne trompe que les sots, il suffisait qu'on l'approchât pour qu'elle s'ouvrît, se laissât voir telle quelle, si semblable à ses sœurs provinciales, ne se distinguant d'elles que par un énorme plaisir de plaire. Il ne lui pardonnait pas sa feinte insouciance, ses bavardages, sa cordialité vulgaire, ses vices sournois et ses vertus plus sournoises encore que ses vices. Mais tandis qu'il se flattait de la caresser du bout des doigts, ainsi qu'une bête familière, bruyante et inoffensive, elle l'avait déjà dévoré.

« Ce que vous apportez ici, dans notre air, nigaud, c'est une bonne odeur de vieille maison sage, carreaux cirés, naphtaline et toile de Jouy. » Ces mots cruels de Philippe l'avaient atteint en pleine poitrine. Etait-ce donc vrai ? Ne sortirait-il jamais de l'enfance ? « Lorsque l'enfant paraît, le cercle de famille... », les vers d'ailleurs médiocres du vieux Satyre soudain délirant de paternité bourdonnaient dans sa mémoire comme autant de guêpes. Existe-t-il donc une espèce d'innocence charnelle, capable de résister à toutes les expériences et que le vice même ne réussit pas à flétrir ? Mais d'ailleurs était-il réellement vicieux ? A quel vice eût-il sacrifié ses plaisirs ? Et ses plaisirs, à vingt ans, restaient ceux de sa délicate adolescence : la fierté de son jeune corps caressé sous la douche, les longues matinées paresseuses débordantes d'une lassitude ineffable, le glissement au sommeil par des routes mystérieuses bordées de visages voluptueux, ou moins encore : l'essai d'un nouveau costume, le choix d'une cravate, le jeu de l'ombre et de la lumière sur sa jolie main — cette main gauche dont il était si fier et que la manucure tenait chaque semaine entre ses deux paumes ainsi qu'un oiseau précieux.

Non, il n'était venu à Paris pour aucune conquête. Peut-être avec le secret espoir d'être lui-même conquis, de trouver un maître ? Aujourd'hui il ne lui suffit plus, comme jadis, de reconnaître sur tant de visages ce sourire de sympathie, de complicité un peu protectrice, d'indulgence amusée, courtoise. Mais sa jeunesse n'en continue pas moins à se prodiguer tous les jours, inlassablement, à des fantômes à peine plus solides que les images de ses rêves. Et pourtant il l'a laissé prendre. La main qui s'est posée sur cette précieuse proie est de celles que la mort même n'arrive pas à desserrer.

Rien d'ailleurs ne l'a prévenu du danger. Sa naturelle méfiance ne l'avertit le plus souvent que de périls imaginaires, car son ignorance de lui-même est absolue, au point de fausser presque toujours le jugement qu'il porte sur autrui, en dépit d'une réelle finesse. Comme beaucoup de garçons de son âge, il ne voit guère dans les jeunes filles que des concurrentes déloyales dont il méprise et redoute à la fois la ruse grossière mais infatigable, et cette espèce de servilité corrigée d'impertinence dont la tradition se perpétue d'âge en âge, depuis le commencement du monde. Les femmes qu'il a rencontrées chez Ganse se distinguent à peine de leurs filles qu'elles singent si exactement, jusque dans leurs tics, que le ridicule des unes et des autres, sitôt qu'un hasard les rassemble, prend tout à coup un caractère presque tragique. L'amitié du secrétaire et de Mme Alfieri s'est nouée au cours de ces thés babillards, est née de leurs silences réciproques, d'allusions voilées, de regards échangés par-dessus les tables. Le silence de Mainville est généralement celui de l'enfant gâté — narquois ou boudeur. Celui de son amie est souriant, paisible, si détaché de tout qu'aucune de ces femmes à la mode, auxquelles son passé est connu, n'ose la traiter en égale, ce qui rendrait toujours possible, à l'occasion, une insolence raffinée. De longues semaines, ils s'en sont tenus à cette espèce de complicité. Mais un soir, comme ils se trouvaient ensemble devant la porte de M. Ganse et qu'il avait déjà la main sur la poignée de la porte, elle a posé dessus la sienne, elle a serré doucement, autour de son poignet, ses longs doigts frais. Et depuis...

Il s'est défendu de son mieux, mais comment se défendre contre une tendresse si impérieuse et si discrète à la fois, qui n'exige rien et pourtant, même lorsqu'elle se manifeste le plus humblement, n'abandonne pas sa fierté, semble toujours ne relever que d'elle-même ? Jamais il ne l'a prise en faute, jamais elle ne s'est laissé surprendre en flagrant délit de coquetterie, et elle dissimule soigneusement le moindre désir de lui plaire. Dieu ! qu'elle connaît bien sa faiblesse, ce besoin inavoué d'amitié masculine qui le hante depuis tant d'années, crée autour de lui, à son insu, on ne sait quelle atmosphère équivoque, dont s'amusent ses familiers ! Il n'est pas jusqu'à ces cheveux sombres, cette coiffure sévère, ce parfum d'ambre, la netteté du visage jamais poudré ni fardé, le grain de la peau resté visible — son reflet mat et chaud — qui ne flatte en lui ses goûts secrets, le confirme dans certaines répugnances physiques insurmontables, l'horreur qu'il a des chairs trop blondes, éclatantes, gonflées de sève, que montrent si généreusement ses jolies camarades du club de natation.

Car ce frôlement de mains est resté, jusqu'à ce moment, le seul aveu, l'unique faiblesse de la femme dont l'illustre Sermoise dit couramment — avec le même geste agaçant de ses doigts voraces — qu'elle est « une courtisane de la Renaissance italienne en exil ». Propos qui fait rire, car l'indifférence de Mme Alfieri pour la toilette est aussi légendaire que l'avarice de Ganse, et on ne lui connaît que trois ou quatre modèles de robes qu'elle fait recopier telles quelles, depuis dix ans, sauf les modifications de détail jugées indispensables par sa couturière. Mais l'homme aux doigts voraces maintient son dire, laisse entendre perfidement que ce mépris délibéré des hommages masculins cache peut-être une autre passion moins avouable. Il est pourtant notoire qu'aucune des belles amies équivoques du vieux Ganse, conquérantes ou prisonnières, n'a jamais obtenu de Mme Alfieri que ce même sourire figé, qui retrousse légèrement ses paupières, lui fait le regard oblique des modèles de Léonard.

Elle travaille dix heures par jour, affirme son patron avec cette sollicitude carnassière qu'il montre volontiers aux collaborateurs dont il abuse, et qu'il prend pour de la sympathie. Même, dans ses moments de bonne humeur, il ajoute, après un bref clin d'œil à la cantonade : « Et pour obtenir ça de Simone, mon cher, rien à faire : c'est un marbre ! » Le Dr Lipotte — que ses chroniques au *Mémorial* ont rendu célèbre parce qu'il y débite chaque semaine, sous prétexte de psychiatrie, un flot intarissable d'ordures d'où jaillissent brusquement, ainsi que des épaves à la bouche gluante de l'égout, les mots sacrés, les mots totem du vocabulaire professionnel — déclare qu'elle présente un cas assez curieux, mais non pas si rare, de frigidité. Il laisse d'ailleurs entendre que ce premier symptôme en dissimule d'autres, plus graves, de délire mystique. Car Mme Alfieri passe pour mystique, sur le discret témoignage de Monsignor Cenci qui répète à son sujet, d'une voix toujours confidentielle, ce qu'il a déjà dit tant de fois, depuis un demi-siècle, des belles tigresses mondaines. « Une âme qui se cherche », fait-il, avec la même grimace gourmande qu'il a pour déguster à la fin d'un repas, un cognac centenaire...

Mainville n'a pu se retenir de raconter à Philippe quelque chose de son aventure, mais à sa grande surprise son interlocuteur l'a écouté en silence, fixant sur lui un de ces longs regards qui déconcertent n'importe qui, et ont valu à ce jeune homme, généralement tenu pour un cancre, la réputation d'un animal dangereux dont on peut toujours craindre une belle morsure. Il s'est tu, forcément. Si habile qu'il soit dans le mensonge, il ne saurait en effet rien dire de cette singulière amitié sans se découvrir dangereusement lui-même. Et pourtant il excelle au mélange artificieux du vrai et du faux, mais son génie est trop délicat, trop fragile pour inventer de toutes pièces un rôle à la mesure d'une femme si différente de celles qu'il croit connaître, ou qu'il refait à son image. L'invraisemblance eût été trop forte, et il s'est senti rougir.

Ce secret, d'ailleurs, ne lui déplaît pas. Il a pris l'habitude des demi-confidences, qu'elle ne semble jamais provoquer mais dont elle lui a donné le goût, car elle sait les interrompre à la minute qu'il faut, et ses graves silences sont plus caressants que ses mains. Dans son appartement minuscule de la rue Vaneau, le coffret d'Abdullah est toujours plein, le cocktail préféré vient se poser comme de lui-même sur la petite table. Elle a une manière à elle, qui n'appartient qu'à elle, de lui parler de son passé, de son enfance, de refaire de lui l'adolescent. Et un jour, un jour entre les jours, elle lui a tendu sans mot dire la petite boîte plate, le faux briquet d'or fait pour dérouter les indiscrets, rempli d'une poudre blanche.

Avait-elle prémédité ce geste, scellé ainsi leur muette complicité ? Il s'est posé la question bien des fois, sans pouvoir y répondre. Probablement a-t-elle cru à ses vantardises, car il feint excellemment les vices qu'il ignore. Mais à la première prise, pourtant médiocre, dès qu'elle a vu flotter son regard et son joli visage tout à coup livide, pétrifié, elle a sûrement compris, bien qu'elle n'en ait rien laissé paraître. Et depuis elle ne lui tend plus que rarement la boîte d'or. Il doit s'approvisionner à grands frais auprès d'intermédiaires qu'il abhorre, car il garde de son éducation provinciale une insigne maladresse à utiliser les entremetteurs, tour à tour trop dédaigneux ou trop familiers, alors que Philippe, qui tutoie volontiers ces canailles, sait pourtant à merveille, d'un simple haussement d'épaules, « prendre ses distances » — selon son expression favorite.

Prendre sa distance, voilà ce que Mainville n'a jamais su,

en effet. Six semaines de Paris ont suffi à faire voler en éclats l'ironie empruntée jadis à ses auteurs préférés, et qui lui semblait une arme si sûre. « Vous n'avez pas le punch, que voulez-vous ! » remarque le neveu de Ganse, avec pitié. Et il explique charitablement que « cela n'a pas d'importance », appuyant l'argument de ce regard qui s'échappe soudain, pâlit, fait dire aux amis du vieux Ganse que le garçon finira mal. Sa conversion au communisme ne lui a valu d'abord que des attentions flatteuses, et les faveurs de la princesse de Borodino qu'un bref séjour à Moscou vient d'enrager pour Staline. Mais il n'a pas pris longtemps au sérieux son rôle de jeune intellectuel du Parti, et il fréquente à présent des dissidents obscurs, suspects de terrorisme et qui ne sont même pas pédérastes...

Le soir descend, invisible comme toujours, semble couler des façades trempées de pluie et Mainville pense à l'autre soir en regardant cligner l'œil unique, fulgurant, du bar-tabac. Comme de lui-même son mince doigt s'est porté à sa tempe et il compte machinalement les pulsations de l'artère chaque jour plus précipitées, plus brèves, avec des pauses insolites, de longs silences qui lui font monter la sueur au front. Dieu, qu'il a peur de mourir ! Qu'il est seul ! Appartient-il réellement, ainsi que le veut Philippe, à une génération malheureuse, expiatoire ? Le mot de malheur ne lui représente rien d'exaltant, il n'éveille en lui que des images sordides de malchance, d'ennui, et ces catastrophes prochaines que prédisent inlassablement ses aînés ne lui inspirent aucune espèce de curiosité. La guerre ? Encore ? Si loin qu'il remonte dans son passé, il ne peut guère aller au-delà de 1917. Sa mère est morte un an plus tôt, dans un sanatorium suisse, et de cette pâle figure il ne se souvient pas. Le père n'a pas longtemps survécu, tué par une granulie foudroyante qui a dévoré en quelques semaines ses poumons déjà rongés par l'ypérite. La grand-tante que la famille appelait tante Voltaire, car, elle tenait de son mari défunt, procureur à Aix, des opinions républicaines, l'a recueilli un moment, mais elle ne l'aime guère et après un bref passage au collège de Mézières, il s'est retrouvé un jour dans le presbytère du charmant vieux prêtre tourangeau, maniaque d'archéologie et de littérature, qui lui a fait cinq bienheureuses années de loisir, sous ce ciel amollissant, au bord de ces vastes et lentes eaux. Etrange prêtre avec son regard voilé, si doux, si tendre, couleur de violette, son indulgence mystérieuse, et ce sourire, tellement plus usé que le regard, usé d'avoir vu trop de choses, d'avoir trop vu la vie, trop longtemps... Avait-il la foi ? se demande quelquefois Mainville. En tout cas celle d'Olivier s'est effacée jour après jour, et il n'a même pas pris la peine d'en informer son vieux compagnon, qu'il accompagnait chaque dimanche, en bâillant, à la chapelle des Dames de Sion, dont il était l'aumônier et qui réservaient pour lui les meilleures bouteilles de ce vin gris dont il était si friand. Trop friand, hélas ! car il est mort d'une crise foudroyante d'urémie, un soir d'été, dans un fauteuil, tenant serrée sur sa poitrine une précieuse édition des *Fables* de La Fontaine, un exemplaire unique qu'il tenait du marquis de Charnacé, son prédécesseur à la présidence de la Société archéologique de Saumur.

Mainville a passé près de sa tante deux années, deux années mi-parties blanches et noires. Entre cette vieille femme et lui, aucune tendresse mais une curiosité réciproque. Dès le premier jour les yeux gris, chargés d'une expérience implacable, ont reconnu sa faiblesse et elle l'a traité avec cette sollicitude railleuse et despotique, l'ironie familière qu'elle accorde à ses animaux favoris. « Je te croyais un enfant de chœur », disait-elle parfois en hochant la tête, et son regard faisait rougir l'enfant jusqu'aux oreilles. Visiblement, elle retrouvait en lui quelque chose de son propre goût du plaisir, mais le tempérament, hélas ! est celui de sa mère. « Ta mère ! une si petite nature ! » Elle lui disait encore : « A vingt ans, je t'aurais haï, mon cher ! » Aujourd'hui, elle le juge un compagnon possible — faute de mieux — un alibi à l'ennui qui la dévore, et qu'elle n'avoue jamais... Ils lisaient ensemble des livres envoyés chaque quinzaine par le libraire de Meaulnes qui ressemble à Anatole France dont il a le culte, et qu'il s'efforce d'imiter en tout, au point d'engrosser ses bonnes.

Il a quitté la maison grise sans joie, bien que le monde s'étonnât qu'il eût pu vivre deux ans auprès de la châtelaine dont l'avarice et la méchanceté sont légendaires, car elle utilise ces deux vices-là, comme les autres d'ailleurs, au soin de son repos et les arbore avec un cynisme calculé qui éloigne les importuns. Paris l'attirait pourtant. Il apparaissait dans ses pensées ainsi qu'une terre d'élection, favorable aux entreprises des jeunes garçons. Le hasard l'a conduit chez Ganse — une interview pour *Art et Magie* — et il y est resté parce que sa faiblesse a besoin d'un maître et que sa vanité ne saurait subir un maître qu'il ne se croirait pas le droit de mépriser. Par quelle fatalité s'est-il senti glisser peu à peu vers ces régions troubles pour lesquelles il ne se sent pas fait, où le tragique et le burlesque épanouissent côte à côte leurs fleurs monstrueuses ? Hélas ! c'est qu'il est réellement impuissant contre la grossièreté de la vie quotidienne, son énorme voracité. Nul ne se doute au prix de quel immense effort les frivoles viennent à bout de leur destinée, alors que le drame est à l'affût derrière chacun de leurs plaisirs et qu'ils doivent passer en souriant, plusieurs fois par jour, à portée de sa gueule béante, sûrs d'ailleurs d'y tomber tôt ou tard, car on compte ceux qui tiennent la gageure jusqu'au bout, échappent à la tendre majesté de l'agonie, réussissent à faire de leur propre mort une chose impure.

La maigre pension servie par la vieille dame n'a pas suffi longtemps, les dettes sont venues. Elle l'ont pris au dépourvu, car sur ce point-là encore sa défense est nulle. Son effronterie reste impuissante contre « le Créancier », créature imaginaire qui semble sortie de ses cauchemars d'enfant et à laquelle son préjugé de fils de famille provinciale prête une espèce de prestige comique. C'est alors qu'il a découvert que depuis longtemps il vivait à son insu parmi de jeunes aventuriers qui feignaient, par prudence et politesse, de lui ressembler comme des frères. Et par mille fissures invisibles, ainsi qu'une eau sombre et secrète, la fatalité qu'il abhorre est entrée dans son destin.

— Qu'est-ce que vous faites là, un doigt sur la tempe ?

Il ne l'a pas entendue venir, comme toujours, et son regard vacille longtemps, si longtemps qu'elle a eu un bref mouvement d'impatience, ce double battement des paupières qui met chaque fois Mainville en défense.

— Votre patron est d'une humeur ! fait-elle en détournant aussitôt les yeux. Encore un après-midi gâché... Vous devriez passer ce soir chez Gassin, le temps presse. Je me demande même si nous aurons demain les trente pages pour la *Revue*...

— Et après ?

— Vous n'êtes pas juste, dit-elle avec un sourire indéfinissable. Vous raisonnez comme un enfant.

— Un enfant ? C'est vous tous, plutôt, qui devez être près d'y retomber, en enfance ! A quoi riment toutes ces histoires ? Si le vieux Ganse n'a plus rien dans le ventre, qu'on le dise !

— Il faut vivre. Oh ! je ne parle pas d'argent, fit-elle en secouant la tête. Chacun de nous a sa raison de vivre. Il en est de brillantes, d'avantageuses, mais ce ne sont pas les meilleures, les plus solides...

— Bon, soit ! Admettons que Ganse ait trouvé la sienne aux dépens des cent mille imbéciles qui le lisent. Comme il était pompé lui-même à mesure par les marchands d'encre, ça ne pouvait pas durer toujours.

— Evidemment, fit-elle d'une voix rêveuse. Pourquoi le haïssez-vous tant ? Il est très bon pour vous, après tout, très indulgent...

— Incompatibilité d'humeur, je suppose. Et puis sa raison de vivre m'agace. Est-ce que j'ai une raison de vivre, moi ?

— Non, dit-elle simplement. Aucune.

— Alors ? Preuve qu'on peut très bien vivre sans ça. Vous en avez une, vous ?

— Pas encore.

Elle riait d'un petit rire circonspect, furtif, qui faisait contraste avec son beau regard tranquille. Et tout à coup elle prit entre le pouce et l'index le poing ferme de Mainville, le posa doucement sur la table, et déliant les jolis doigts l'un après l'autre, effleura des lèvres la paume vide.

— Ne refermez pas la main, fit-elle ; voilà ce que je vous avais promis.

Mais il repoussa son bras si vivement qu'elle laissa échapper les deux billets de mille francs qui glissèrent de ses genoux sur le tapis.

— Non ! protesta-t-il d'une voix lasse. Ça ferait en tout treize mille cent soixante-sept — je tiens nos comptes en règle — c'est trop. D'ailleurs, Gasteron m'a promis d'attendre.

— Soyez raisonnable, Mainville. Il est temps de retirer

la traite, j'ai vu Legrand hier. Peut-être même est-il trop tard.

— Je m'en fiche.

— Pas moi. Réfléchissez un peu, mon petit. Et surtout, laissez-moi parler. Vous savez que je m'explique très mal, je n'ai pas l'habitude, je ne discute jamais. Pour une bagatelle allez-vous mécontenter gravement votre tante et, qui sait... Vous m'avez dit l'autre jour qu'elle pardonnerait tout, sauf un abus de son nom, de sa signature. On ne jette pas ainsi par la fenêtre un héritage de dix-huit cent mille francs !

— Je me fiche de l'héritage aussi.

— Pas moi. Tâchez de comprendre. L'argent que je vous ai prêté, c'est à peu près tout ce que je possède, car les cent mille francs de titres n'existent pas.

— Hein ?

— Je me suis faite plus riche pour faciliter les choses, je sais que vous n'aimez pas beaucoup les cas de conscience. Je les ai eus, d'ailleurs, ces cent mille francs, je ne les ai plus, voilà tout. Bref, vous devrez convenir qu'il serait peu loyal de votre part d'anéantir par jeu, par caprice, la seule chance qui me reste d'être un jour remboursée ?

Tout en parlant, elle avait déjà glissé les billets dans la poche du veston tandis que son regard, fuyant par-dessus l'épaule de son ami, reflétait par instants la vitre trouble et les lueurs de la rue.

— Compris ! dit-il, essayant de donner à son visage puéril l'expression qu'il a observée tant de fois sur celui de ses camarades et dont la vulgarité vigoureuse lui semble seule capable en ce moment de masquer son embarras.

Mme Alfieri ne fait d'ailleurs aucun mouvement pour le retenir, et tandis qu'il glisse vers la porte, elle continue de fixer le même point inaccessible, là-haut, par-dessus les toits d'ardoise ruisselants.

Il se retourne une dernière fois. La surprise, plus que la colère, l'étouffe. Mais ce qui l'irrite plus encore, le submerge littéralement de dégoût, de honte, d'un inavouable sentiment de délivrance, c'est la certitude physique qu'il acceptera la leçon, qu'il ne peut pas ne pas l'accepter. Tandis que le sang monte à ses joues, brouille son regard, sa dure petite cervelle raisonne, pèse le pour et le contre, mesure le risque d'un geste irréfléchi. Comme elle le

connaît bien ! Avec quelle adresse elle a planté la banderille !
Comme elle a su attendre patiemment l'occasion de l'humilier une fois, une fois pour toutes — une fois pour toutes et
qu'on n'en parle plus !... — Certes il pourrait encore... Trop
tard. A quoi bon ? soupire en lui sa propre voix, c'est tout
qu'il faudrait rendre maintenant, tout ou rien... Et tête
basse, il froisse machinalement les coupures au fond de sa
poche. La fausse traite a justement été retirée par lui l'avant-
veille, grâce à une combine heureuse. « Je ne le lui dirai pas,
ou je le lui dirai plus tard », pense-t-il.

IV

— Mon petit, dit M. Ganse, mon neveu vous a rendu la
lettre ? Bon. Vous l'aviez laissée glisser dans mes papiers,
j'ai commencé à la lire sans savoir au juste ce que c'était,
ma parole. Remarquez d'ailleurs que vous l'avez écrite sur
notre papier de travail, et sans utiliser le verso des feuilles.
Bref, je suis allé jusqu'au bout. Joli morceau de littérature.

Il se renversait à fond dans son fauteuil de cuir, la main
grasse posée à plat sur la table. Ainsi ramassé, le cou rentré
presque tout entier dans les épaules, sa large face gardant
encore les plis du sommeil — de ce dur sommeil qu'il ne
doit qu'aux hypnotiques — avec sa voix pâteuse, ses joues
bouffies, son regard jamais rafraîchi par un véritable repos
— son regard de la ville, comme dit atrocement Philippe —
la terrible cruauté de cette vie apparut tout à coup à Mainville, et si tragiquement qu'il se tut.

— L'air d'ici ne vous vaut rien, continua-t-il, je m'en vais
vous renvoyer dans votre famille.

— Dans ma famille ? Autant dire alors dans l'autre
monde, monsieur. Car je n'ai plus de famille, ou si peu que
je risque de ne pas la retrouver, parmi tant de gens...

— Euh... pas mal... Bon. Mais nous ne sommes pas ici
pour faire de l'esprit. Drôle de manie que vous avez, entre
parenthèses, ces répliques de théâtre ! Est-ce que vous le
faites exprès ?

— Non, monsieur. Je manque très naturellement de

naturel. Mais il est très possible que je sois parfois naturel sans le savoir. On n'est pas toujours maître de soi.

— Sans doute... Sans doute... Rendez-moi du moins cette justice que je vous ai parfaitement laissé libre d'être naturel ou non. Hélas ! vous vous ressemblez tous. C'est nous qui avons l'air de vous user, mais vous avez dû inventer une forme supérieure d'égoïsme. Votre diabolique patience finirait par user le diamant. Je suis entamé jusqu'à l'âme, mon cher.

Il fit craquer ses doigts de ce geste grossier qui amenait chaque fois sur les lèvres d'Olivier un sourire, à peine retenu, de dégoût.

— J'ai cru à la jeunesse, reprit-il, je pensais qu'un écrivain vieillissant devait retrouver en elle, à son contact, ce qui risque de lui manquer à la longue, cette curiosité sans laquelle... Il n'y a pas de quoi rire, mon garçon.

— Plus fort que moi, répondit le secrétaire, toujours impassible. Notre génération — quel piteux mot ! — manque tout à fait de pittoresque, je l'avoue. Le sens du pittoresque doit être mort avec le maréchal Boulanger, Joffre ou Clemenceau.

— Pardon : le général Boulanger...

— Ah ! il n'était pas maréchal ? Enfin, des trois c'est tout de même lui le moins démodé.

Le front de M. Ganse se couvrit instantanément de mille petites rides concentriques, ainsi que l'eau frappée d'une pierre.

— Nous sommes tous démodés, dit-il, hors de ce monde. Hors du monde.

Il rassembla machinalement les papiers épars sur la table, toussa et avec une sorte de timidité bourrue, vraiment poignante :

— Remarquez que j'aurais pu vous dissimuler facilement l'indiscrétion que j'ai commise : il m'aurait suffi de glisser la lettre dans votre tiroir, mais je ne veux rien vous cacher. Et d'ailleurs, il n'y a pas de secrets pour vous, les secrets viennent à vous d'eux-mêmes, naturellement. Ils traversent pour vous les murs, sortent de terre. En quelques semaines, vous aurez pompé tous ceux de cette maison et ils n'ont pas l'air de vous faire plus de mal qu'un verre d'eau fraîche, car c'est une justice à vous rendre : on ne vous surprend jamais derrière une porte ou la main dans la corbeille à papier. Et pourtant...

La jolie figure de Mainville, un peu pâle, se plissa comme le museau d'un chat, tandis que son regard glissait doucement des fleurs du tapis vers la fenêtre entrouverte.

— Votre lettre a de bonnes parties, d'excellentes même. En somme, vous ne me jugez pas si mal. Contrairement à ce que vous pensez sans doute, mais qu'importe ! elle m'a fait regretter un moment de devoir me séparer de vous. Néanmoins...

Il passa plusieurs fois sa large main sur sa joue, avec un soupir.

— Le portrait de Mme Alfieri, hum ! hum ! Ecoutez, mon petit, parlons net. Vous croirez ce que vous voudrez, mais je vous donne ma parole d'honneur que depuis dix ans que nous travaillons ensemble, elle et moi... eh bien ! pas ça, mon cher — vous entendez ? — pas ça. Et sacrédié, je vous fiche mon billet qu'à vingt ans, elle était diablement belle.

— Ça ne prouve qu'une chose...

— Que je la dégoûte, hein ? Mon Dieu, je suis fâché de vous contredire, nous nous entendons très bien, nous nous intéressons l'un l'autre — prodigieusement...

Il marchait à travers la pièce en faisant claquer furieusement ses doigts. Puis il s'arrêta brusquement et son regard se fixa sur celui de son interlocuteur avec une si indéfinissable expression de colère, de tristesse, de crainte, qu'Olivier cessa de sourire et détourna les yeux.

— Evangéline, mon garçon, reprit-il (pour la première fois, Mainville l'entendit désigner ainsi sa secrétaire et il s'aperçut — non sans quelque fugitive et secrète angoisse — que jamais son amie n'avait prononcé devant lui ce prénom singulier) Evangé... Simone enfin est un monde. Je ne vous mets pas en garde contre elle, je vous dis simplement...

Il se laissa retomber sur son fauteuil, ou plutôt il s'y jeta, au point que le parquet gémit sous son poids.

— Elle est aussi naturelle que vous l'êtes peu... Aussi vivante que... c'est la vie même.

Ses petits yeux comme usés par tant de nuits sans sommeil, et dont le gris à peine bleuté rappelait la fumée des innombrables cigarettes, soutinrent ceux du jeune garçon avec une fixité d'attention presque intolérable qui, le temps d'un éclair, laissa paraître à Mainville, ainsi que le visage du prisonnier entrevu derrière la grille d'un cachot, le noir génie — *ingenium* — que trente ans d'un labeur immense n'avaient pu réussir à délivrer.

— La Vie... Naturellement, vous ne savez même plus le sens de ce mot-là, non ? Et l'ennui ? Ah ! l'ennui ! Savez-vous ce que c'est ? Il n'y a pas besoin de vous voir long-temps pour se dire : ce garçon-là ne s'ennuie jamais. Votre génération — oui, le mot vous embête, tant pis ! — votre génération s'arrange avec l'ennui, comme avec le reste... un ennui à sa mesure, bien entendu. Nous ne nous ennuie-rons jamais ensemble, comprenez-vous ? Votre ennui est stérile — un ennui limpide et fade, comme l'eau...

— Un ennui fécond, je me demande ce que vous enten-dez par là ?

— Admettons que nous ne parlons pas de la même chose. D'ailleurs, je me fiche des abstractions. Pour réflé-chir, j'ai besoin de me représenter un type qui va et vient, rit, pleure, gesticule. Et par exemple, je vois très bien une... enfin, imaginez une femme exceptionnelle — morale-ment — oui : les qualités morales les plus hautes, une femme supérieure dévorée par... Pourquoi riez-vous ?

— Parce que vous avez dit tout à l'heure de cette femme extraordinaire qu'elle était aussi naturelle que je le suis peu. Je ne croyais pas qu'on pût être à la fois si naturelle et si dévorée...

— Oui, vous vous figurez tous qu'il n'y a de naturel que la recherche du plaisir. Ce sont là des vues d'enfant, mon cher. Je pense au contraire qu'un être doit se dépasser ou se renier. Vous, vous vous êtes renié une fois pour toutes — oh ! sans douleur, je l'avoue. Il n'en reste pas moins qu'un homme réellement supérieur est naturellement sacrificiel, qu'il tend naturellement à s'immoler pour quel-que objet qui le dépasse, qu'il risque de devenir ce que nous appelons un héros ou un saint. Ça réussit une fois sur mille. Beaucoup d'appelés, hein ? peu d'élus. Reste le vice.

Il fit de nouveau craquer ses doigts. L'énorme fatigue de son visage s'accentua au point que sa mâchoire inférieure parut se détendre comme celle d'un mort, et qu'il resta un long moment, les poings aux tempes, bouche bée, dans un silence solennel.

— J'ignore d'ailleurs ce qu'ils entendent au juste par sainteté. Mais je ne suis pas éloigné de croire que Mme Alfieri soit une espèce de sainte — oh ! sans miracles, naturellement ! — une sainte triste. Feu ma mère, très pieuse, avait coutume de dire que les saints tristes font de tristes saints. Des saints tristes, ce sont des saints sans miracle, bien entendu. J'exprime assez mal ça, mais je le comprends très bien. Supposez qu'une sainteté ait quelque faille, quelque fissure par où se glisse l'ennui... La sainteté peu à peu empoisonnée, pourrie, liquéfiée par l'ennui...

Il leva la tête, la tourna vers la pâle lumière de la fenêtre.

— Voilà ce qu'est Mme Alfieri, dit-il. Je sais que vous me tenez, Philippe et vous, pour un type grossier, sommaire, mais nous ne sommes tout de même pas un imbécile, sacrédié ! Si j'ai gardé cette réserve vis-à-vis de votre maîtresse — oh ! ne niez pas, inutile, vous couchez avec elle, mon petit, oui, je pourrais vous dire depuis quand, mon garçon, parfaitement, le jour même ! — c'est que j'avais mes raisons, que diable ! Tenez, ne prenez pas ça en mauvaise part : aimez-vous les romans policiers ?

— Beaucoup.

— Moi aussi. Eh bien ! si vous ne vous sentez pas à votre aise — un peu agité, un peu anxieux, si vous ne vous sentez pas maître de vous, de vos nerfs, vous ne les ouvrez pas ?

— Ça dépend.

— Justement. Et dans ces moments-là, si vous avez le malheur de les ouvrir, vous ne les refermerez pas, vous les lirez jusqu'au bout. Voilà ! Remarquez que je pourrais remplacer le mot policier par un équivalent quelconque — fantastique, par exemple. — De ces livres qui font travailler l'imagination, la font tourner dans le même sens jusqu'à l'étourdissement, jusqu'au vertige. Car votre maîtresse n'a jamais rien eu à voir avec la police, naturellement. Il n'y a de vrai tragique, en somme, que le tragique intérieur euh... euh... le drame en vase clos.

Le ton de ces confidences bizarres, la hideuse bonhomie des allusions à peine réticentes, à peine voilées, semblaient avoir eu peu à peu raison, depuis un moment, des nerfs d'Olivier Mainville. Et l'angoisse qu'il sentait monter de son faible cœur ne pouvait se délivrer que par la colère, une rage aveugle qui faisait déjà tour à tour pâlir et noircir son regard.

— « Vase clos », reprit-il avec toute l'insolence dont il était encore capable. Peuh ! Vous avez mis une soupape de sûreté à la chaudière, et c'est elle qui fait tourner votre moulin.

A sa grande surprise, la vue seule du gros bonhomme remuait en lui on ne sait quel fond trouble, quel absurde pressentiment. Et plus il s'évertuait à maîtriser cette inquiétude obscure, plus il la sentait couler dans ses os. « Le vieux salaud veut me rendre fou », pensait-il. Ses mains suaient et tremblaient au fond de ses poches et il eut un moment la tentation ridicule de se ruer sur lui, de le frapper violemment, en plein visage.

Mais le patron n'avait même pas relevé l'insulte. Il répliqua au contraire avec beaucoup de calme :

— On pourrait trouver quelque chose dans ce que vous venez de dire. Cela ne m'offense pas. Oui, Simone m'a servi énormément, je lui dois le meilleur de mes derniers livres, pourquoi le nier ? Peut-être expliquerai-je un jour... On pourrait expliquer ça, quel beau sujet ! On échange bien des idées, jeune homme — les idées ne m'intéressent pas. Pourquoi n'échangerait-on pas des rêves et surtout des mauvais rêves ? On peut bien porter à deux les mauvais rêves, les mauvais rêves sont lourds. Et remarquez que trop souvent les idées s'additionnent comme des chiffres. Au lieu que les rêves, ça se combine ou ça ne se combine pas — une vraie chimie. Quand la proportion y est — pfutt !...

Il feignait de ne pas voir l'agitation croissante de Mainville, mais son regard ne quittait guère les mains que le jeune homme avait posées sur le coin du bureau.

— Nous nous rendons service mutuellement, remarqua-t-il d'une voix douce. Ce qu'elle me donne ne peut servir qu'à nous. Et si vous voulez m'en croire...

Olivier n'entendit plus la fin de la phrase, car il venait de tourner le dos, presque à son insu. La porte claqua violemment derrière lui, et il ne se souvint que beaucoup plus tard des yeux effarés de la concierge qui lui tendait une poignée de lettres, et à laquelle il répondit par une injure.

La rue était noire de pluie.

V

— Chère amie, déclara M. Ganse, je me demande dans quel but, depuis quelques semaines, vous vous obstinez à me contredire en tout. Et, par exemple, ce parfum. Vous sentez horriblement mauvais. Je le dis sans la moindre intention de vous déplaire : votre odeur est ce qu'elle est, suave pour tel ou tel, intolérable pour moi. De plus, vous inventez chaque jour un tic nouveau, hier ce tortillement monotone du cou, aujourd'hui le grincement de vos talons l'un contre l'autre, demain, peut-être, vous jonglerez avec les candélabres, ou vous taperez sur un petit tambour. Et j'avais commencé ce matin mon travail dans les meilleures conditions — des conditions inespérées ! Oui, chère amie, voici longtemps que je ne m'étais senti l'esprit aussi net, aussi libre. Avec un peu de chance, je pouvais en finir avec ce chapitre aujourd'hui, en deux heures, une misère ! Sacrée maison de tonnerre de Dieu ! Quand vous voulez bien cesser vos grimaces, c'est l'aspirateur qui fonctionne au troisième, mon bureau vibre comme la chambre des machines d'un paquebot. Et puis zut ! Enlevez ça ! je ne veux plus rien écrire aujourd'hui.

Docilement, Mme Alfieri rassembla les feuillets épars, boucla l'étui de cuir et attendit. Aucune raillerie, aucune injure — non plus aucune flatterie — de l'auteur d'*Ismaël* n'avait jamais paru entamer seulement cette surprenante patience dont le principe restait un mystère pour tous, et il semblait que Ganse lui-même en subît de plus en plus l'empire. Cette fois encore, après avoir boudé un moment, il demanda d'une voix calme :

— Où en sommes-nous ?

— « Au premier mot Bérangère avait tourné la tête. » — Il y a une variante : « tourna brusquement la tête ». Je continue ?

— Ne continuez pas ! Supprimez ça, c'est idiot. Supprimez tout. Vous couperez le chapitre avant l'entrée de Guy d'Ideville. Déblayons ! Déblayons !

Il reprit sa promenade énervée, les mains derrière le dos. La plume de Mme Alfieri grinça doucement sur le papier.

— Combien de lignes depuis ce matin ? fit-il. La page y est-elle ?

— Oh ! voyons, monsieur ! protesta la secrétaire impassible.

— Comment ? Quoi ? Qu'est-ce que vous chantez ? Vous êtes sûre ? Oh ! Oh ! voyons, mon enfant, j'ai dicté toute la matinée, je suis fourbu.

Sa voix s'était faite presque suppliante. Pour toute réponse la secrétaire lui tendit les feuillets couverts de ratures, de surcharges, les derniers zèbres de haut en bas d'un énorme trait bleu.

— C'est bon, c'est bon, fit Ganse. Au panier ! N'en parlons plus. Que voulez-vous, ajouta-t-il avec une grimace douloureuse, nous n'aurons jamais perdu qu'une pauvre moitié de journée — une autre moitié réparera celle-là.

— C'est juste, monsieur, répliqua l'étrange femme, poliment. Les deux premiers chapitres ont été tapés au rythme de cent à cent vingt-cinq lignes par jour.

Elle tira de son sac un calepin, le feuilleta vivement, et reprit sur le même ton :

— Une moyenne de près de deux cents lignes au cours de la seconde quinzaine d'octobre. A cette cadence, nous aurions pu finir en mars.

Le Maître la contemplait avec une curiosité mêlée de stupeur. Le visage un peu trop long, trop viril, mais aux traits néanmoins si réguliers, si purs — frappé de biais par la lumière — gardait son expression habituelle d'humble patience, telle qu'on l'observerait sans doute, si le secret des choses nous était mieux connu, sur les faces géométriques, indéchiffrables, des insectes dont l'opiniâtreté a raison de tout. Une fois de plus, dans un moment de lassitude, de doute, le maître déchu venait de lever sur cette proie encore mystérieuse son regard lourd, trivial, où se marquent encore la force et l'élan du génie.

— Nous tiendrons le coup cette fois encore, dit-il d'une voix qui s'affermissait à mesure. Mais je devrais changer d'air. Hein ? répondez donc ! Un changement d'air me ferait du bien, hé ?...

Il se leva, parcourut la pièce de long en large de son pas pesant.

— Ce n'est pas que je manque d'idées, reprit-il. Je n'en ai que trop. On ne me suit pas, voilà le mal. Il faudrait me suivre. Vous-même, mon enfant, vous ne me suivez plus, vous piétinez, nous perdons du temps à des broutilles.

Tenez, par exemple, une nouvelle de trois cents lignes, ça doit sortir en deux heures, ou ne pas sortir du tout. Voilà comment travaillent les Maîtres. Une fois parti, le reste va de soi : simple question de démarrage. Et c'est ce qui rend justement le rôle d'une collaboratrice telle que vous si curieux, si passionnant... Le démarrage dépend de vous. Il suffit parfois d'un regard, d'un simple regard pour tout compromettre, parfaitement ! Avant d'avoir ouvert la bouche ou dicté une ligne, je vois le vôtre qui flanche. Et pourquoi ? Parce que vous avez peur, chère amie. Vous ne croyez plus en moi, tous !

Il frappa violemment sur la table de son poing ferme.

— Qu'importe ! S'il le faut, je reprendrai la chose, je commencerai une nouvelle carrière. Des œuvres aussi vastes, aussi fécondes que la mienne doivent s'élargir sans cesse, au lieu de se creuser. Je travaille dans la fresque, je ne suis pas un ciseleur de bibelots rares. Tenez, pas plus tard qu'hier, chez Beauvin, je me suis senti plus gaillard que jamais, en pleine forme. Il y avait là des Russes étonnants, qui racontaient des histoires... des... des histoires étonnantes !

Son regard évita brusquement celui de son interlocutrice impassible, car la répétition involontaire des mots était un signe qu'il connaissait bien — trop bien. Il avala péniblement sa salive.

— On m'a parlé du fils d'un ancien maréchal de la Cour, né au palais en 1913, réfugié en France avec un vieil oncle, lui-même ex-chambellan, qui pour vivre, ses derniers bijoux vendus, avait accepté une place de veilleur de nuit. Le garçon a poussé tout seul, là-bas, du côté de Belleville, pêle-mêle avec les copains français, et il est maintenant ouvrier quelque part, je ne sais où, un vrai titi parigot. Il ignore tout de son pays, rigole lorsqu'on lui parle des Romanoff, lui, un filleul de l'empereur ! Je crois qu'il y aurait quelque chose à tirer d'une histoire pareille, quelque chose d'éton... Bon Dieu de bon Dieu ! Répondez-moi donc, à la fin. Etes-vous sourde ?

— Je réfléchissais, dit-elle. Je ne trouve pas.

— Naturellement ! Eh bien ! s'il n'était pas si tard, je vous prouverais le contraire. Oui, en une heure, je ferais le pari de vous dicter, là, sur ce coin de table, une nouvelle éton... épatante, parole d'honneur ! Juste ce qu'il nous faut pour jeudi — le conte hebdomadaire du *Mémorial*.

Du bout du doigt, elle entrouvrait déjà le portefeuille de cuir.

— Laissez ça, fit-il avec un soupir, pas de blague. Je dîne chez Renouville, ce soir. De toute manière...

Il passa les deux mains sur sa nuque épaisse et comme Simone refermait la serviette en silence, il éclata :

— Ce n'est pas moi qui suis vidé, fit-il d'une voix effrayante, ce sont eux. Le monde se vide. Il se vide par en bas, comme les morts. Plus rien dans le ventre, plus de ventres. Comme disait l'autre jour je ne sais quel bedeau dans une feuille pieuse : « Ganse n'a jamais visé plus haut que le ventre. » Parfaitement ! Et il n'y a pas de quoi rougir. Dans une société sans ventre, que deviendraient l'art et l'artiste, je vous le demande ! Ils pourraient crever. Pauvres types ! Il est facile de raisonner sur les passions, le difficile est de les peindre. Et si je les peins comme il faut, je parle aux ventres, j'émeus les ventres... Mais quoi ? Toutes les époques d'impuissance ont eu de ces délicatesses hypocrites. Un ventre est un ventre... Qu'est-ce qu'ils ont à la place, ces petits messieurs, ces coupeurs de fil en quatre, la dernière couvée de M. Gide ! Une poche de pus — et quel pus ? Du pus cérébral, ma chère. Ah ! Ah ! l'image n'est pas mauvaise. Notez-la.

Il fit craquer ses doigts avec fureur.

— Vidé, moi ? Allons donc ! J'arrive à un âge où un écrivain de génie devrait pouvoir se libérer de toute discipline de travail. Le problème est là. Plus d'heures de classe ! Désormais la machine est au point, rodée à fond, tourne nuit et jour. Il suffirait de la surveiller, d'en surveiller les produits et les sous-produits, *de ne rien perdre*. Et ça, ma petite, c'est votre affaire. « La concentration vous épuise ! » rabâche cet imbécile de Lipotte. Elle m'épuise justement parce qu'elle ne m'est plus nécessaire. Tenez, une preuve : Dieudonné me disait l'autre soir : « Vous êtes un improvisateur merveilleux ! » Et pourtant soyez franche, mon enfant : voilà seulement trois ou quatre ans, je ne brillais guère dans un salon, j'étais un causeur très quelconque ?...

Elle passait doucement la paume sur le cuir de la serviette, et son regard attentif restait froid.

— Oui, reprit-il après un long silence, d'une voix bien

différente et dont il ne cherchait même plus à masquer l'angoisse, ils croient tous avoir ma peau. Minute ! Depuis l'année dernière, neuf cents pages de texte, trente-cinq nouvelles de deux cent cinquante lignes, sans parler des conférences, d'un scénario pour Nathan, et je ne dis rien des notes publicitaires, çà et là. Mais on me compare toujours à moi-même, jamais aux autres : Ganse est Ganse.

Il s'arrêta, braquant sur la secrétaire silencieuse ce regard infaillible qu'allume dans ses yeux la curiosité portée à son paroxysme et qui n'est chez lui qu'une forme de la cruauté demi-consciente, principe de son noir génie.

— La pire bêtise que j'ai faite est d'avoir ouvert ma porte à deux de ces petits messieurs, Mainville et Philippe, Philippe et Mainville, deux jolies canailles, canailles à croquer ! La jeunesse ! Il y a toujours un moment dans la vie où l'on croit à la jeunesse. Signe précurseur, signe fatal du premier fléchissement, de la vieillesse qui s'annonce — la vieillesse, l'âge le plus niais, le plus crédule — oui, plus niais et plus crédule que l'adolescence. Croire à la jeunesse ? Est-ce que nous y avons cru, nous autres, quand nous étions jeunes ? Alors !... Passe encore pour Philippe, mais Mainville, cette petite vipère...

Elle leva les yeux au même instant et son regard toujours pensif fit baisser celui de Ganse.

— Oh ! je me tais, dit-il avec un rire amer. Je ne prétends pas contrôler vos... vos expériences, et je vous crois d'ailleurs à l'épreuve de tous les poisons. Accordez-moi du moins qu'après avoir fait pour mon prétendu neveu plus qu'aucun honnête homme ne se serait cru le devoir de...

— Encore ! murmura-t-elle d'un air d'ennui.

Elle avait soupiré plutôt qu'articulé le mot, mais Ganse l'avait saisi au mouvement de ses lèvres.

— Encore ? Quoi, encore ? Un garçon que j'ai tiré de la boue...

— Il le sait.

— Ce n'est pas moi qui le lui ai dit, permettez !

— Les gens qui le lui ont dit ne pouvaient l'avoir appris que de vous.

— Possible. Et après ? Devais-je cacher un acte généreux, désintéressé jusqu'à l'absurde, alors que je ne dissimulais pas les autres — ou si peu ? Qu'est-il pour moi, Philippe, après tout ?

— Le fils de votre maîtresse, Ganse.

— Ma maîtresse ! Ma maîtresse ! A vous entendre on pourrait croire que je n'ai jamais couché qu'avec elle. D'ailleurs Philippe avait onze ans lorsque sa mère est morte, et ma liaison datait de neuf. Alors ?

— Je sais.

— Vous ne savez rien du tout. Dès ce moment, je n'étais pas, comme il vous plaît de l'imaginer, un monsieur facile à duper. Ce que j'ai fait, je l'ai fait de plein gré pour tenir la promesse donnée à une femme. Il n'y en a peut-être pas beaucoup, parmi vos anciens amis, vos comtes et vos barons, qui... Qu'est-ce que vous dites encore entre vos dents ?

— Rien.

— Si ! Ma petite Simone, vous êtes envers moi d'une dureté, d'une injustice...

— Je vous rappelle simplement une parole, une autre parole que vous m'avez donnée, à moi. « Notre vie privée ne regarde que nous. Portons notre fardeau côte à côte, mais n'en échangeons rien... », je crois encore vous entendre. Il est vrai qu'alors c'était moi qui me sentais tomber : je cherchais une aide, un appui, une main fraternelle... Vous aviez raison, d'ailleurs... N'était ce silence plus ou moins gardé, notre collaboration n'eût pas duré six semaines.

— Pardon, ma chère — sa voix sifflait à son tour — lorsque je vous tenais ce propos...

— Oui, c'est entendu, j'étais une femme suspecte. Je le suis toujours.

— Pas pour longtemps, fit-il avec une cruauté affreuse. Quand vous ne ferez plus envie à personne, qui se souciera de savoir si vous avez tué ou non ce pauvre Alfieri ?

— Je le sais, dit-elle doucement. Pas la peine de jouer la comédie : vous et moi, nous sommes au bout. Au bout du rouleau, mon cher.

— Et après ? Tiens, tiens ! « Au bout du rouleau », mon petit, c'est un titre, un fameux titre ! Allons-y ! Pourquoi pas ? Nous sommes tous au bout du rouleau, rien de plus juste. Jeunes et vieux, tous ! L'ancienne maison s'est effondrée derrière notre dos et quand nous sommes venus nous asseoir au foyer des jeunes, ils n'avaient pas encore pensé à bâtir la leur, nous nous sommes trouvés dans un terrain vague, parmi les pierres et les poutres, sous la pluie... Je voudrais que vous notiez cela aussi, dit-il en rougissant, l'image est bonne. Hein ? N'est-ce pas ? Il y a là-dedans tout un drame.

— Peut-être vaudrait mieux en finir d'abord avec *Evangéline* ?

— Vous croyez ? (ses traits accusèrent brusquement la fatigue accumulée depuis des semaines). Hier encore, vous me conseilliez de lâcher ça. Et d'ailleurs j'ai une idée. Elle m'est venue cette nuit, mon enfant. Que diriez-vous d'un livre... d'un livre qui me serait comme une détente, un repos — la halte après une étape trop longue, autour du feu ? Tenez, lorsque Rouault, — Rouault, vous savez, le sculpteur — a fait sa grande crise nerveuse, l'année dernière — on a consulté Strauss, l'élève de Freud. Et Strauss l'a envoyé avec une de ses meilleures infirmières — une vieille Allemande, très ancienne Allemagne, sentimentale, *gemütlich* — dans sa maison natale, une simple maison de paysans, là-bas, du côté de Douarnenez. Il est revenu guéri, fort comme un bœuf. Moi, je n'ai pas de maison natale, soit — je suis né dans un logement des Batignolles, trois pièces sur la cour — l'immeuble est démoli depuis vingt ans. Mais j'ai eu tout de même une enfance, hein ?

— On n'est jamais sûr d'en avoir eu. Moi-même...

— Des blagues ! des mots ! Naturellement il faudrait arranger ça, romancer. Suffit de voir un peu clair, d'utiliser les bons morceaux... Ainsi j'avais un oncle, un petit maraîcher de Seine-et-Oise, chez lequel j'ai passé mes vacances, une fois ou deux. Et puis quoi ! Il y avait tout de même les dimanches, chaque fiacre avait l'air d'être repeint à neuf, et les omnibus roulaient comme des tonnerres... Qu'est-ce vous pensez de mon projet ?

— *Souvenirs d'enfance*, d'Emmanuel Ganse ?

— Oui. Et je dirais tout, mon petit. Tout. En somme, les écrivains français ont montré pas mal de timidité dans leurs peintures de l'adolescence. Moi, je n'épargnerai rien, vous pouvez me croire. Je... Pourquoi cet air dégoûté ?... Ai-je offensé votre pudeur, belle dame ?...

— Oh ! non. Je me demande même si vous vous vantez. Il est peut-être en effet une part de vous-même que vous avez épargnée jusqu'ici. Oubliée plutôt. L'enfance a la vie si dure ! Seulement, mon ami, méfiez-vous. Ce n'est pas la première fois qu'un de vos pareils tente la chose, et si pressés qu'ils aient été de donner au public ce morceau délicat, je pense qu'aucun d'entre eux n'a réussi à déraciner tout à fait le petit enfant qu'il avait été jadis. Les plus malins n'ont donné que de vains simulacres, d'horribles poupées de cire. En tout cas, si cette chose existe encore en vous, gardez-la. Il est peu croyable qu'il en reste assez pour vous aider à vivre, mais ça vous servira sûrement pour mourir.

— Vous me haïssez, dit-il sans colère. Je pense que nous nous connaissons trop — trop bien pour nous juger avec équité. Nous nous haïssons tous les deux.

— Non, dit-elle. Mais nous ne pouvons déjà plus rien l'un pour l'autre. La haine ne viendrait qu'après. Pourquoi l'attendre ? Mais je suppose que vous me croyez capable de prendre aujourd'hui une revanche attendue depuis dix ans. Car voilà longtemps qu'à votre idée, je brûle de mettre ma signature auprès de la vôtre à la première page de ces livres qui m'appartiennent autant qu'à vous. Dieu ! Alors que la malédiction de ma vie, ç'aura été justement de ne pouvoir venir à bout de rien ! Solitude et silence, silence et solitude, je ne serai jamais sortie de ce cercle enchanté... Pourtant...

La face encore puissante du vieux maître n'exprimait toujours ni surprise ni colère. Elle parut se plisser et se déplisser tout d'une pièce, de bas en haut, ainsi que le mufle d'un lion.

— Enfantillages, dit-il. Nous sommes allés trop loin ensemble pour ne pas aller voir côte à côte ce qu'il y a au bout de la route. Encore deux ans — un an peut-être...

— Non, répliqua-t-elle. Souvenez-vous. Nous avons déjà cent fois convenu d'un tel délai. A quoi bon ? Il est trop tard. Il est trop tard pour tout, pour presque tout. Notre vie est faite. Il m'arrive parfois, rarement, d'essayer de refaire la mienne par la pensée, de la refaire sans vous. Impossible. Ou du moins, pour y réussir, faudrait-il effacer d'abord les deux années de mon mariage — repartir à zéro, comme vous dites. Oui, à zéro. Car vous aurez beau ricaner, mon ami, j'ai été, moi qui vous parle, une jeune fille très ordinaire. Pas plus imaginative qu'une autre, contente de peu. Oui, il eût dépendu d'un rien que je continuasse à m'ignorer tranquillement, paisiblement. D'un rien. Et tant de filles me ressemblent à travers le monde ! Tant de filles qui se contenteront très bien de petits vices, de mauvais rêves qu'on met sur le compte des nerfs — les mêmes rêves qui servaient à treize ans, qui continueront à servir jusqu'à la mort. Car nous n'avons pas naturellement, comme vous autres, la curiosité de nous-mêmes. Enfin, c'est vrai que j'aurais très bien pu faire une gentille bourgeoise sans Alfieri. Oh ! avec celui-là, pas moyen de rester en repos — si faible, si lâche, si fille, si vraiment fille ! — avec un tel besoin du vice d'autrui, comme s'il n'eût pu goûter le mal qu'à travers une âme étrangère. Lorsqu'il coulait vers vous un certain regard, on avait envie de lui mettre un crime dans la main. Un crime, un beau crime...

— Des blagues ! dit Ganse. On se figure ça.

— Peut-être. En tout cas, après ces deux années furieuses, débouchant brusquement dans le vide, le néant, rien ne pouvait me sauver du désespoir que le travail. La fortune elle-même eût été un secours moins efficace. Et vous m'avez appris le seul travail dont j'étais sans doute capable à ce moment-là. Vos livres sont ce qu'ils sont. La merveille, c'est de vous les voir faire. Vingt fois, j'ai essayé de noter ça au jour le jour, je ne peux pas. Il me semble que personne ne le pourrait. Il y faudrait trop de sang-froid, et le sang-froid près de vous, dans le travail, c'est bien la dernière chose possible. Vous êtes un prodigieux...

Elle chercha le mot.

— Une espèce de sourcier. L'imagination la plus aride, vous trouveriez le point d'où va jaillir la source. Ces rêves... tous ces rêves...

— Vous voyez, fit-il de sa voix rauque, nous n'en avons pas encore fini, vous et moi.

— Certainement si ! Vous m'avez remplie de vos créatures, j'étouffe. Oui, j'étouffe réellement. Que je tarde encore à redevenir moi-même, et je ne pourrai jamais plus. Car enfin, si imparfaites que soient ces créatures — quoi, elles vous appartiennent, elles sont quelque chose de vous. Ne le niez pas : elles vous soulagent tout de même un peu. Il n'est d'ailleurs que de vous observer les jours qui suivent la publication d'un livre. Mécontent, déçu, soit, mais délivré. Moi je reste une semaine étendue sur mon lit, les yeux ouverts, dans un énervement horrible. Oh ! pas la peine de prendre une pose, de vous rengorger, mon ami. Ce ne sont pas vos livres qui m'empêchent de dormir. Je ne les relis jamais. Chacun de ces personnages ressemble si peu à celui dont nous avons, vous et moi, des semaines, porté la peau ! Mais ceux-là, précisément, les vrais, ils vivent en moi, ils s'y installent, ils s'y multiplient — parfaitement — vous pouvez rire ! Et il ne me reste pas l'espoir — pas le plus petit espoir — oh là ! pas le moindre, de les tirer de là pour les faire passer à mon tour dans un roman. Un roman ! Je n'arrive même pas à bout d'une nouvelle, d'une pauvre petite nouvelle de dix pages — ainsi !

Elle essaya de retirer brusquement sa main, mais les cinq gros doigts du maître venaient de se refermer dessus.

— Mon amie, dit-il — et les mots à peine articulés sortirent du fond de sa gorge avec une plainte, une sorte de miaulement sinistre — il ne fallait pas vous refuser à moi. Le mal vient de là.

— J'ai toujours eu horreur de vous, dit-elle simplement. Je n'aurais pu être votre maîtresse — non — quand je l'aurais voulu. Et pis encore : vous m'avez dégoûtée de l'amour.

— Mais si vous n'avez pas été à moi, du moins n'avez-vous été à personne jusqu'à... Ne le niez pas : vous m'appartenez plus que si...

— Taisez-vous ! fit-elle en essayant de retirer sa main.

— Et quand vous parlez de vous délivrer par des livres, vous me faites rigoler, ma petite. La littérature n'a jamais délivré personne. Et personne, d'ailleurs, ne réussit à se délivrer de soi-même. Des blagues. On peut espérer l'oubli. Et encore ! Car l'oubli, voyez-vous, ça ne se trouve que dans le sommeil ou la débauche.

Il rattrapa au vol la main qu'elle venait de lui arracher, la pétrit entre ses deux larges paumes.

— Vous vous perdrez par orgueil, continua-t-il. Vous avez un orgueil de démon. Parlez-moi de diables tranquilles, de braves types de diables, des diables pourceaux. A vous, ma petite, il vous faut le serpent.

Elle semblait l'écouter avec une attention extraordinaire. Pas un muscle de son long visage ne tressaillit, tandis qu'elle disait de sa voix sans timbre :

— Mon parti est pris depuis six semaines. Absolument pris.

— Oui, je sais pourquoi, fit-il — et son rire d'une grossièreté forcée finit dans une sorte de plainte lugubre. Mais il est trop tard, mon enfant. L'obsession que vous décriviez tout à l'heure, cette phobie — car c'est une phobie, rien qu'une phobie, un accident pathologique, pas plus — elle est là maintenant, là pour toujours. Inutile d'inventer des histoires de personnages maléfiques, d'envoûtement ! Pourquoi pas des incubes et des succubes ? Vous finirez par aller à confesse, ma chère.

— Je l'ai essayé, dit-elle.

— Oui, je sais. Il y a toujours eu un ou deux mauvais prêtres dans votre vie — enfin des prêtres suspects — votre abbé Connétable, par exemple, ou ces pasteurs défroqués de la Christian Science, dont vous vous étiez toquée voilà six mois. Entre nous, vous avez de la chance d'être née au XXe siècle : je vous vois très bien d'ici, dans la belle chemise soufrée...

— Pas la peine, fit-elle avec un sourire triste. Je veux dire : pas la peine de continuer sur ce ton. L'idée n'est pas mauvaise, mais vous l'exprimez mal — grossièrement. Vous me l'avez d'ailleurs répété assez souvent, Ganse : je n'ai pas le don du sujet, mais je me rattrape sur le détail. Eh bien ! j'ai perdu l'espoir de donner à ma pauvre vie un commencement, un milieu et une fin, comme à un livre. Mieux vaut maintenant donner tous mes soins à un épisode, à une expérience, la première venue, n'importe. L'essentiel est de la développer à fond, jusqu'à ses extrêmes conséquences. Quoi ? n'est-ce pas ainsi que nous nous y prenons lorsque le bouquin se présente mal, comme vous dites ? Et le public n'y voit que du feu.

Il alla jusqu'à la fenêtre, l'ouvrit toute grande si violemment qu'un morceau de plâtre se détacha du chambranle, roula sur le plancher. Et il l'écrasa d'un coup de pied, avec rage, comme une bête.

— L'épisode, l'expérience — je la connais, votre expérience ! Elle s'appelle Mainville, l'expérience ! Ce petit mirliflore, ce gigolo...

— Oui, vous me trouvez trop jeune encore pour ce que vous nommiez hier soir « les déviations du sentiment maternel » — j'ai compris l'allusion. Trop jeune pour un gigolo, c'est ce que vous vouliez dire ? Regardez-moi, Ganse. Vous ne me voyez tout de même pas poser ma tête sur la virile poitrine d'un seigneur de votre espèce, non ?

J'aurais rencontré Olivier huit ans, dix ans plus tôt que je l'aurais aimé de la même manière. Et puis après ?

— Bon, bon, je connais : humiliation, sacrifice, immolation, voilà le programme. Seulement, je crois que vous n'irez jamais plus loin que la première partie. Votre gracieux ami sera loin avant que vous ayez eu le temps d'en finir avec les deux autres.

— Pour celles-là, Ganse, j'y suffirai bien toute seule.

Il ferma la fenêtre, revint s'asseoir. La colère semblait de nouveau tombée.

— C'est une agréable petite canaille, dit-il. Pas d'imagination même dans le mal — ou si peu ! Rien à partager avec personne. Rien.

— Qui lui demande de partager ? Alfieri ou Mainville, d'ailleurs, vous êtes bien le dernier homme capable de juger ces sortes d'êtres.

— Oui, des bêtes de luxe, hein ? Ça coûte cher et c'est fragile, diablement fragile. Et celui-là n'aura pas l'élégance de s'éclipser à l'anglaise, le moment venu, comme l'autre. Pas gentilhomme pour deux sous, votre petit camarade, ma chère. Incapable de rien faire sauter en votre honneur, banque ou cervelle. Et à la fin de l'expérience, vous aurez sur les bras un enfant malade, vous vous ruinerez en joujoux.

Depuis un moment, elle ne l'écoutait plus, bien qu'elle continuât de tenir sur lui un regard dont il ne put supporter plus longtemps la flamme sombre et fixe. Il s'arrêta en grognant, tête basse, le cou rentré dans les épaules, prenant naïvement l'attitude connue du public, illustrée par tant de photographies.

— Après tout, je m'en fiche, dit-il. Voilà trois mois que je vois mûrir ça sous votre peau, ma chère, un amour né sous le signe du Cancer, une vraie tumeur. Ça n'est pas la première fois qu'une femme supérieure se sera laissé dévorer, c'est même comme ça qu'elles finissent toutes.

Il se tut de nouveau, saisi par l'extraordinaire altération des traits de Mme Alfieri. Et pourtant la voix de la secrétaire s'éleva tout à coup, aussi calme, avec un soupçon d'ironie.

— Que de paroles inutiles, Ganse ! fit-elle. Je pensais à autre chose, mais je vous entendais quand même. Je crois que vous alliez me faire la morale, grands dieux ! C'est assez votre habitude, souvenez-vous, lorsqu'un chapitre « ne vient pas ». Les personnages commencent à échanger des vérités premières déguisées en paradoxes peints de couleurs violentes, comme des emblèmes totémiques. Eh bien ! tenez, il y a tout de même un service que je puis vous rendre. Je puis le finir, votre livre. Le dénouement que vous cherchez depuis six mois, je vous l'apporterai bientôt.

— Quel livre ?

— *Evangéline*, naturellement. Et ma proposition n'est pas si folle, car Evangéline, après tout, c'est moi.

— Pardon ! j'ai utilisé certains...

— Oh ! je ne vous reproche rien. Je vous ai même aidé du mieux que j'ai pu. C'est d'ailleurs assez étonnant de voir ainsi monter peu à peu son propre visage dans le miroir que vous tendez, on a l'impression de se regarder à travers une grande épaisseur d'eau trouble, avec des bulles de boue. Notez bien que je ne nie pas la ressemblance. Votre erreur est de vous entêter à supposer dans la vie de l'héroïne un crime initial. Rien ne vous ôtera de la tête que j'ai tué Alfieri, hein ?

— Idiot ! vous n'avez aucune idée des méthodes de travail d'un écrivain. Si j'ai supposé un crime initial, comme vous dites, c'est pour plus de vraisemblance. Le destin de cette fille doit osciller entre deux actes sanglants, de même nature, l'un secret, l'autre... L'autre... J'avoue que je ne vois pas bien clairement l'autre...

— Inutile de voir clairement celui-là. Le premier doit suffire à le justifier. Oh ! j'ai beaucoup réfléchi depuis quelques semaines, je crois comprendre. Une femme telle qu'Evangéline ne tue pas selon les règles. Elle tuera comme elle a tué jadis, par besoin de se confirmer dans l'idée qu'elle s'est faite d'elle-même. Elle tue pour se mettre d'un coup hors la loi. Et s'il y a une raison à ce crime — la passion, par exemple — eh bien ! je pense que la passion ne sera qu'un prétexte, le presque rien qui fait pencher l'un des plateaux de la balance.

— Peut-être.

— Sûrement. Mais vous vous laissez arrêter par des scrupules de mise au point, de vraisemblance. C'est que vous voyez tout ça de l'extérieur.

— Et vous ?

— Moi pas. Au point où nous en sommes, qu'importe de savoir *pourquoi* Evangéline va tuer ? Il suffira de montrer *comment* elle tue. Je crois que j'y réussirais très bien...

— On dit ça...

— On a tort de le dire lorsque ça n'est pas vrai. Oh ! naturellement, nous savons tous ce que c'est que commettre un crime en pensée. Mais cette fois, mon ami, ce n'est pas avec la machine à rêves que je l'ai commis. Il est là derrière ce front — et pas un de ces désirs qui n'ont pas plus de consistance qu'une gelée, non. Un vrai crime, bien constitué, bien vivant, avec tous ses membres, un bébé-crime, quoi, et qui ne demande qu'à venir au monde !

— Il remue ?

— S'il remue ! En mettant votre main au bon endroit, vous entendriez battre son cœur. Peut-être est-il plus ou moins sorti de la littérature, mais nulle force ne le contraindrait d'y rentrer.

— Vous m'intéressez prodigieusement. Dois-je reconnaître le nouveau-né ?

— J'allais vous le proposer.

Il essaya de rire et ce rire sonna d'abord si faux qu'elle éclata de rire à son tour. Un long moment, ils restèrent ainsi face à face sans oser pourtant croiser franchement leurs regards.

— Oh ! Ce n'est pas un crime bien original, continuat-elle sur le même ton. Le scénario vous en semblerait probablement assez vulgaire. Les circonstances ne manquent pas, mais on pourrait écrire sous chacune d'elles le mot fatidique des passeports : moyen. Tout est moyen là-dedans.

— Méfiez-vous, dit-il en s'efforçant encore de sourire, ce peut être aussi le signe d'une perversité profonde. Le grand art a cette apparence de banalité.

Elle fit un signe d'impatience et brusquement posa ses coudes sur le bureau, lança en avant ses deux longues mains si pâles que l'ombre y paraissait bleue. Ganse voyait son regard tout près du sien et il sentait l'haleine tiède passer et repasser sur sa joue ainsi qu'une bête familière.

— Ça vous fait un peu peur, avouez ? Hein ? J'ai l'air de sortir d'une de vos machines, vous voilà tout à coup en tête à tête avec un de vos personnages, et pas moyen de le faire rentrer dans le plan du bouquin. Le voilà qui part tout seul.

— Peur, dit-il, non. Jouée par une autre que vous, cette scène serait même de peu d'intérêt. Mais je sais que vous avez horreur du mélodrame, et je pense qu'il y a quelque chose de sérieux dans votre propos, voilà tout.

Elle penchait la tête sur l'épaule, comme pour mieux voir le reflet des doigts qu'elle faisait danser en mesure sur l'acajou poli.

— Parole d'honneur, mon cher, j'ai besoin de vous.

— Quoi ? dit-il avec ironie, un alibi. Déjà ?

— Juste.

Son regard qu'elle essayait de tenir fixé sur celui de Ganse vacillait comme une flamme. Mais ce n'était pas ce regard qui à lui seul eût réussi à faire perdre contenance au vieux maître. Il voyait depuis un instant la bouche mince se contracter peu à peu jusqu'à dessiner une espèce de moue douloureuse, indéfinissable, qu'il connaissait trop bien.

— Je crois, murmura-t-il assez piteusement, que nous devrions changer de conversation. Si vous devenez folle, mon enfant, je n'y peux rien.

— Folle ? Je n'ai jamais eu moins l'envie de l'être. Cela viendra plus tard. Pour quelque temps encore j'ai besoin de tout ce que j'ai de bon sens, et quelque chose de plus. Rien ne me manquera, vous pouvez me croire.

— Oh ! je sais : personne n'est plus capable que vous d'aller jusqu'au bout d'une folie. Si je ne le pensais pas, ma chère, il y a longtemps que je vous aurais priée de mettre fin à cette scène ridicule. Néanmoins, s'il est en mon pouvoir de vous aider d'une manière ou d'une autre, je ne le refuse pas.

— Il ne s'agit pas de m'aider à votre manière, dit-elle doucement, mais à la mienne, à celle que j'ai choisie.

— Soit. Alors cessez de parler par énigmes. Un crime ? Je ne suppose pas que vous me croyiez capable d'avoir peur d'un mot. Et quel mot ! Il y a autant d'espèces de crimes que de démons, je suppose. J'aime assez l'idée du vieux Wilde là-dessus, vous connaissez ? Il prétend qu'il existe quelque part des diables que la malédiction n'a qu'effleurés en passant, dont le tonnerre de Dieu n'a fait que roussir les plumes. Jolie image, hein ? Vous les voyez d'ici qui sautillent dans le crépuscule, avec leurs ailes rognées, leurs yeux tristes, sans désespoir, nostalgiques ?

Bref, il y a des bonnes actions criminelles, et des crimes vertueux. Celui dont vous me parlez doit se ranger dans la dernière catégorie car, ou je me trompe fort, ou vous n'êtes pas femme à vous livrer ainsi à un homme auquel vous venez de dire que vous l'aviez toujours méprisé.

— Si. Je puis être parfaitement cette femme-là — et vous le savez, Ganse.

Elle passa nerveusement ses deux mains sur son visage, et demeura immobile un moment, les yeux clos.

— Méprisé ou non, que vous importe ? Je regrette parfois — oui cela m'arrive ! — de ne pas être devenue votre maîtresse, nous serions moins étroitement liés l'un à l'autre que par cette espèce d'union contre nature qui depuis dix ans nous fait partager toutes choses à l'exception de celle où l'on attache autour de nous si peu d'importance. Mépris ! Cela aussi, ce n'est qu'un mot. Et il a beaucoup de sens. J'ai méprisé mon premier amant plus que vous, et celui-ci, allez, je crois bien que je le méprise aussi. Mais ce mépris a justement éveillé en moi je ne sais quoi qui ressemble à de la pitié, que j'ai longtemps essayé de prendre pour de la pitié — bien que je n'aurai pas l'hypocrisie de vous le donner aujourd'hui pour tel.

— Oui, l'orgueil, fit-il. Le Serpent.

— Quoi que je fasse, mon destin sera, je le sens, de me sacrifier à qui ne me vaut pas. J'ai toujours répugné à donner librement ma vie, par contrat, et je finis par la jeter aux pieds du premier venu qui me la demande lâchement, avec un certain regard, un regard de bête faible et perfide.

— Oui, comme à Mainville, par exemple. Et ça ne l'amusera même pas longtemps, votre vie !

— Oui et non. Vous jugez Mainville sans le comprendre. Et il ne faudrait pas seulement le comprendre, il faudrait l'aimer. Mais jamais deux générations ne se seront épiées avec plus de haine sournoise, des deux côtés de ce trou noir d'où monte encore après tant d'années l'odeur des millions de cadavres — l'affreux crime dont vous n'osez pas ouvertement vous jeter la responsabilité à la face. Pauvres gosses ! S'ils sont venus au monde avec cette grimace dégoûtée qui vous déplaît si fort, c'est que le monde sentait mauvais ! Oui, j'aurais voulu que vous l'entendiez l'autre jour, je ne trouvais rien à répondre. Mon Dieu, ce qui leur a manqué sans doute, c'est l'homme de génie qui eût parlé en leur nom, les eût justifiés en vous accusant — et ils l'attendront toujours... Mais après tout, qu'importe ! Débrouillez-vous ensemble, les femmes sont hors du débat. Ce que je tenais à vous dire...

— Magnifique ! fit-il. Ce que vous venez de dire est magnifique. N'ajoutez pas un mot. Quel sujet, mon enfant ! Voilà le livre qu'il faut écrire, que nous écrirons ensemble. Ecoutez, Simone. Mainville ne sera jamais pour vous qu'un caprice, un simple caprice. Je sais ce que c'est qu'un caprice peut-être ? Vous n'allez pas sacrifier un homme comme moi, une œuvre comme la mienne, à un caprice ? Car cette conversation, ma chère, je me demande si vous vous rendez compte ! la conversation que nous venons d'avoir ensemble est un monde. Parfaitement. Toute l'histoire contemporaine est là-dedans, ma petite. Balzac en aurait pleuré !

— Vous n'avez rien compris, dit-elle en haussant les épaules. Vous ne sortirez jamais de la littérature.

— Vous non plus !

L'air sifflait dans sa gorge avec un gargouillement presque hideux, et il avala coup sur coup sa salive, tandis que ses mains tremblaient.

— Un caprice est un caprice, reprit-il. Ça dure combien de temps chez vous ? Des jours ? Des semaines ? Des mois ?

— Que sais-je ? fit-elle — et son visage tendu, immobile, semblait mort. Pouvez-vous comprendre ? Ce poison-là ressemble aux autres. On en use d'abord pour jouir, et on se demande vite à quelle dose il pourrait tuer.

— Si après... bégaya-t-il. Plus tard... Si vous me promettiez de...

En un instant, il fut sur elle, ses bras liés autour de la longue taille, la poussant contre le mur avec la brutalité, la maladresse des premières étreintes. Et sans doute fut-elle émue, le temps d'un éclair, par cette gaucherie désespérée du vieux faune habituellement si expert. Il vit pour la dernière fois couler vers ses propres yeux, jusqu'au plus secret de son être, le sublime regard gris plein de pitié. Mais presque aussitôt les deux paumes fraîches, dures et fraîches, le frappèrent à la fois sur la bouche, sauvagement. Elle s'enfuit.

VI

Il écouta un moment son pas à travers la porte et ses traits s'apaisèrent peu à peu, prirent à force de lassitude, d'épuisement, une espèce de sérénité grossière.

Certes, ce n'était pas leur première querelle, mais un pressentiment l'avertissait que celle-ci serait la dernière, que la solitude, cette solitude qu'il redoutait plus que la mort, commençait à ce moment même... De cette collaboration de dix années, presque ininterrompue, sauf par de brefs éclats, il commençait d'entrevoir la véritable nature, bien que sa vanité se révoltât malgré lui contre une vérité humiliante. Et sans doute, Simone avait été pour lui, à une période difficile de sa vie, pour son imagination déjà surmenée, un auxiliaire précieux, indispensable. Alors qu'il doutait de lui-même, elle lui avait rendu la foi. Mais ceci, le monde ne l'ignorait pas, ou le soupçonnait du moins : le reste était son secret. En dépit de beaucoup d'aventures, — vraies ou fausses, car il excelle à occuper de lui la chronique et tout écho, même outrageux, lui semble mille fois préférable au silence — il a gardé, d'une naissance à peine avouable, le goût, le besoin de ces liaisons orageuses, de ces faux ménages ouvriers qui mettent en commun l'ivresse et les coups, atteignent dans l'ignominie à une espèce de fraternité farouche, pareille aux mystérieux compagnonnages des bêtes. Des scènes terribles qui les dressaient l'un contre l'autre, la profonde adresse de Mme Alfieri avait su jusqu'alors dissimuler le pire, même à la curiosité des familiers. Qui se serait soucié, d'ailleurs, des emportements du Maître, dont les accès de fureur presque démentielle pour les causes les plus futiles étaient la fable de Paris ? Et personne n'eût pu se vanter, au cours de ces dix années, d'avoir surpris chez la secrétaire impassible un mouvement de colère ou de dégoût. Seule, une jeune domestique un peu niaise, récemment débarquée de Plougastel, la trouvant un jour à demi évanouie dans le bureau de Ganse et ayant dégrafé son corsage, avait découvert sur la poitrine une énorme ecchymose récente. Mais Simone, revenue à elle, expliqua qu'elle s'était blessée en tombant, et renvoya la Bretonne dès le lendemain.

Cette prodigieuse maîtrise de soi ne l'abandonna jamais,

et elle exaspérait Ganse tout en flattant son orgueil, car il ne lui déplaisait pas de subir, à l'insu de tous, l'ascendant d'une femme exceptionnelle, dont l'éclatante supériorité n'était réellement connue que de lui. Pour le fils du crémier de la rue Saint-Georges, l'ancienne petite normalienne, élevée quelque temps bien au-dessus de sa condition par le caprice d'un grand seigneur suspect, mais cousin authentique des princes de la Maison de Savoie, restait la comtesse Alfieri. Qu'elle fût une seule fois tombée dans ses bras, le charme eût été rompu, et avec lui l'étrange, la poignante volupté de ces querelles où ils puisaient l'un et l'autre, comme par brassées, les images véhémentes qui donnent à l'œuvre du vieux Maître, d'une manière si grossière, si lourde, sa couleur et sa chaleur.

Il se laissa tomber dans son fauteuil, se releva aussitôt, car il avait pris en haine les innocents témoins des longues insomnies, de la recherche impuissante, de l'épuisant et vain labeur des derniers mois. Ah ! qu'il eût seulement quelques rentrées inattendues, et il aurait bientôt fait de quitter cet appartement démodé dont l'ameublement lui rappelait une époque heureuse, mais triviale, lorsque son admiration naïve allait aux installations baroques des dentistes ou des médecins millionnaires, qui dans leur laborieux désordre semblent l'œuvre de brocanteurs en délire. Faire peau neuve !... Hélas ! les exigences des éditeurs vont grandissant, le public se lasse, et il doit trouver coûte que coûte trois cent mille francs par an qui suffisent médiocrement à sa vanité, à ses plaisirs, à ses vices. Car l'avarice ne se manifeste chez lui que par des réflexes imbéciles, un goût sordide des marchandages, de l'usure, qui le ridiculisent sans profit, en font la proie favorite des spéculateurs en chambre, des gentilshommes rabatteurs, des banquiers véreux. Sa fortune, jadis considérable, a été ainsi dévorée presque à son insu, au cours de ces crises périodiques où, las de se débattre parmi ces hyènes dorées, il abandonne brusquement tout contrôle, jette au feu ses livres de comptes.

Qu'importe la perte de quelques centaines de mille francs ? Un an ou deux de travail eussent jadis comblé le gouffre. Le pire ennemi est aujourd'hui en lui-même, logé quelque part, en un recoin de ce cerveau toujours bourdonnant désormais, comme une ruche vidée de son miel.

Le Dr Lipotte, consulté, hoche la tête, parle de repos, soup-
çonne quelque syphilis de jeunesse passée inaperçue, finit
par éclater de rire, du rire hennissant qui glace de terreur
le jury lorsque l'avorton bavard vient à la barre faire éta-
lage de ce qu'il appelle pompeusement ses conceptions. Et
lui, Ganse, n'a qu'à fermer les yeux pour voir tourner ce
soleil rouge, cerné de bleu sombre, plein de pétillements
et d'étincelles. Lorsque la fatigue est trop grande, le cercle
mystérieux vient se placer au centre même de la page blanche. L'oculiste, aussi, hoche la tête...

Reposez-vous ! disent-ils tous. Et quand les lèvres n'arti-
culent pas la phrase rituelle, les yeux compatissants la
crient plus haut encore. Mais ne se repose pas qui veut.
Certes, il s'est cru infatigable et l'image qu'il se fait encore
à présent de lui-même est toujours celle que le jeune
Ganse, inconnu de tous, caressait jadis, au fond d'une crè-
merie de la rue Dante, dont il empruntait chaque jour la
table boiteuse, l'encre, le papier quadrillé marqué de pou-
ces gras, l'aigre tiédeur favorable à ses engelures — l'image
d'un Zola ou d'un Balzac, ses dieux. Il a pris ainsi des enga-
gements sans nombre, signé des traités ruineux, dans le
vain et naïf espoir — comme il aime à dire — de crever
sous lui l'éditeur. N'importe ! Il se serait peut-être résigné
à transiger, à gagner un temps précieux, si, par une ironie
féroce, l'imagination surmenée ne cessait de multiplier,
jusqu'à l'absurde, au cauchemar, ces créatures inachevées,
mêlées à des lambeaux d'histoires, dont le grouillement
donne au malheureux l'illusion, sans cesse renaissante, de
la puissance qu'il a perdue. Aussi a-t-il commencé dix
romans, acharné à trouver la voie, l'issue... Lui qui mani-
festait autrefois tant de mépris pour les chercheurs d'anec-
dotes, les types qui prennent des notes au fond de leur
chapeau (car un véritable romancier, disait-il, n'a que trop
de sujets de roman, l'embarras de choisir) il s'attache
maintenant avec une humilité poignante aux pas de personnages falots qu'il n'eût, en d'autres temps, jamais hono-
rés d'un regard. Mainville lui a servi de modèle, et il rêve
encore de tirer de cette marionnette un livre sur la nouvelle génération — un grand livre, mon cher, un livre sha-
kespearien, plus fort qu'*Hamlet*. Et peut-être eût-il jadis
tenu la gageure, car il n'a pas de rival dans l'art d'épuiser
un être plus faible que lui, de le vider, à son profit, de

sa substance. Mais lorsqu'il a senti s'élargir cette solitude intérieure, damnation de l'artiste épuisé, il s'est retenu de toutes ses forces, ainsi qu'un naufragé, à la collaboratrice familière dont la seule présence évoque à la fois sa vie réelle et sa vie rêvée, car chacune de ses paroles, de ses attitudes, de ses étonnants regards, lui rappelle quelque épisode heureux ou malheureux de sa carrière, telle page dictée d'un trait, en pleine fièvre, ou cherchée ligne après ligne, dans les ténèbres, tel visage imaginaire qu'un labeur acharné n'avait pu faire sortir de l'ombre, et qui tout à coup surgit, éclate — moins encore — une épithète heureuse qu'on se répète la nuit, les yeux clos, une réplique qui a le poids et l'élan du vrai.

Il a commencé d'écrire *Evangéline* avec l'illusion d'en venir rapidement à bout, ayant sous les yeux, chaque jour, l'inspiratrice et le modèle. Mais une fois de plus, il n'a pu réussir à sortir de lui-même, sa nouvelle création ressemble aux autres — elle est sa propre ressemblance, son miroir — et le miroir du vieux Ganse ne reflète plus qu'une obscure et indistincte image. Ce qu'il a exprimé malgré lui n'a d'intérêt pour personne, c'est l'admiration inavouée, mêlée de désir et de crainte, que lui inspire l'ancienne comtesse déchue, et sa lutte avec le fantôme est précisément celle qu'il soutient depuis dix ans contre la personne même de son étrange amie. Le titre qu'il a choisi dénonce d'ailleurs assez son obsession, car Evangéline est en effet le véritable prénom de Mme Alfieri, bien qu'elle ne l'ait plus porté depuis l'enfance. Jamais aucun livre ne lui a coûté tant de peine. Il ne peut se résoudre à le délaisser tout à fait, il est devenu pour son cerveau malade une sorte de fétiche, le signe augural dont dépend l'avenir, heur ou malheur. A la rage de ne pouvoir rien tirer d'un tel ouvrage, s'ajoute l'humiliation de devoir avouer son impuissance à ce témoin toujours impassible. « Vous ne me connaissez guère », dit-elle en secouant la tête, car il arrive parfois qu'elle se prenne elle-même au jeu, laisse échapper des paroles obscures, des demi-aveux qu'elle corrige d'un haussement d'épaules, d'un sourire. Il n'a pas encore osé aborder, même par une habile transposition, l'épisode capital, le lugubre dénouement du mariage inespéré. Depuis longtemps, ce secret le hante, l'irrite. Bien que l'enquête ait mis la comtesse hors de cause, un doute subsiste en effet. La médisance n'a pas désarmé, les parents du mort n'ont jamais consenti à revoir la veuve, ne la connaissent plus. Jadis la pensée qu'il pût vivre et travailler côte à côte avec une meurtrière flattait grossièrement l'orgueil de Ganse. A présent, il est surtout sensible à la déception d'en être encore, après tant d'années, réduit aux hypothèses. A mesure que s'accuse la ressemblance d'Evangéline avec son modèle (car l'impuissance du romancier ne ménage plus rien et il a fini par emprunter à sa secrétaire jusqu'à ses tics, des manies que connaissent bien tous les familiers de Simone), il attend de jour en jour un éclat, une révolte — ou du moins quelque parole révélatrice, il s'acharne à la provoquer, mais en vain. « Où la menez-vous, cette pauvre Evangéline ? » a-t-elle demandé un soir. — « Au crime, a-t-il répondu sans sourciller. A un beau crime, un crime digne de vous et de moi. » — « Vous auriez aussi bien pu commencer par le crime », a-t-elle répondu sans cesser de sourire.

La phrase inattendue résonne encore si nettement à son oreille qu'il croit l'entendre, elle interrompt net sa rêverie. Et la glace devant laquelle il s'est arrêté à son insu lui renvoie, ainsi qu'une injure, un visage flétri, méconnaissable. Au même instant, le valet de chambre à tête de fouine — qu'il n'a jamais pu regarder en face, car il garde de son humble origine une singulière, une insurmontable timidité vis-à-vis des domestiques mâles — lui annonce le Dr Lipotte.

— Eh bien quoi ? dit le médecin journaliste de cette voix dont la cordialité donne le frisson et qui — affirme-t-il — « casse les pattes » à ses belles nerveuses, les livre sans défense à sa féroce sollicitude, plus désarmées, plus nues sous son regard que sous ses mains pourtant expertes. Ça ne va pas, Ganse ?

— Non, ça ne va pas, dit le malheureux. Envie de foutre le camp... n'importe où !

— Bah ! Tout le monde... les grands départs, quoi ? Dites donc, mon cher, je viens de la vente Dorgenne — une merveille ! la chambre à coucher en galuchat, de Leleu — quinze mille francs. Oui, quinze malheureux billets, vous vous rendez compte ! Alors, pas moyen de résister à la tentation, j'ai fait signe à Lair-Dubreuil... Que voulez-vous ?

Je ne peux dire non ni à une jolie fille ni à une jolie chose. J'aurais dû naître à Florence, au xve siècle, ou même ici, en France, sous le règne du Bien-Aimé... En marge de la Cour ! naturellement : ces carrières de grand seigneur comportent trop de risques ! Fermier général, voilà mon lot. Et je vous aurais pensionné, mon cher !

Il joignit sous le nez ses longues mains nerveuses, flaira ses ongles, polis chaque matin par la manucure. Comme beaucoup de ses pareils, il tient à sa réputation d'amateur d'art, feint de se ruiner en collections, patronne de jeunes peintres et va bâiller plusieurs fois par mois aux grands concerts. Il s'est d'ailleurs pris à sa feinte, car son mépris des hommes, de leurs vices, de leurs malheurs, s'envenime avec l'âge et ses forfanteries de carabin qui l'ont aidé si longtemps ne suffisent plus à le rassurer. Une peur abjecte de la mort est le ver qu'il nourrit en secret.

Mais le visage de Ganse restait trop sombre pour que le rusé docteur espérât d'esquiver une fois de plus les confidences qu'il sentait prêtes à jaillir.

— Plaquez le métier ! Promenez-vous...

— J'allais vous donner le même conseil, docteur, dit l'autre amèrement. Trois pauvres mois de vacances, et je saute, ni plus ni moins qu'une simple banque.

La présence du guérisseur le détendait malgré lui, et les larmes lui vinrent aux yeux.

— Faites comme tout le monde. N'en donnez aux types que pour leur argent !...

— Oui, oui, je connais l'antienne. Dites donc, lorsque vous bâclez une consultation, qui est-ce qui s'en aperçoit ? Toujours pas vos dingos ? Cinq minutes de réflexion — vraie ou fausse — un regard, une bonne petite tape sur l'épaule, et votre client file avec une illusion que vous n'avez même pas eu la peine de lui donner : il l'avait déjà sur le trottoir, dans l'escalier... Tandis que nous...

— Allons, allons, fit Lipotte, paternellement. Si vous croyez mon métier plus drôle que le vôtre ! On a beau faire, les gens tiennent à avoir une âme, et rien ne leur coûte quand il s'agit de se prouver à eux-mêmes l'existence de ce principe noble qu'ils ne savent même pas où situer : dans le cœur ? les glandes ? les tripes ?... Guérissez-moi ça, disent-ils... Mais n'insistons pas, qu'importe ! Je ne vous apprendrai rien, vous êtes notre maître à tous — Dieu sait ce que nous devons à vous autres romanciers, pionniers de la psychanalyse, révélateurs d'un nouveau monde ! Car vous étiez depuis longtemps des freudiens sans le savoir... Et à ce propos, cher ami, laissez-moi vous redire que vous devriez être le dernier — oui, le dernier — à vous refuser, par je ne sais quel scrupule, à l'essai loyal d'une méthode... Voyez ce que j'ai fait de Schumacher, il a repris la direction de ses usines, solide comme à vingt ans, vous ne le reconnaîtriez plus...

— Ne me parlez pas de ça, protesta le vieil écrivain avec une espèce de terreur. Je pense comme Balzac qu'il n'est pas pour l'homme de plus grande honte, ni de plus vive souffrance que l'abdication de la volonté. Elève indigne de ce grand maître, de ce jumeau spirituel de Louis Lambert, je ne consentirais pas, serait-ce pour sauver ma vie, à perdre une parcelle de cette précieuse substance.

— Bon, je n'insiste pas, assura Lipotte d'une voix rageuse. Permettez-moi néanmoins une simple remarque. L'autorité que prendrait sur vous un médecin d'expérience ne serait jamais qu'une simple délégation. Au lieu que les tyrans dont vous êtes la proie travaillent au-dedans de vous, cher ami... Aimez-vous la chasse sous terre — oui — la chasse au renard, au blaireau, hein ?

— Connais pas... Jamais le temps de chasser... Jamais le temps de rien...

— C'est un sport passionnant ! Très simple : Vous présentez un couple de fox bien mordants à la bouche d'un terrier, ils filent là-dessous, et vous n'avez plus qu'à coller l'oreille au sol, comme si vous auscultiez un cœur... Vous vous rendez compte de tout.

Il flaira de nouveau le bout de ses doigts.

— Seulement, si le garde-chasse ne finissait pas par empoigner sa pelle-bêche et par creuser un trou à la place qu'il faut — juste de quoi enfoncer le bras — vous continueriez à entendre l'animal, vous ne le verriez jamais gigoter au bout de la pince, avec sa gueule rose et ses petits yeux féroces, pleins de terre... Ah ! ah !

— Oui, répliqua Ganse, de plus en plus sombre, j'ai compris. En somme, vous ressemblez à ce pauvre chanoine qui me recommande l'examen de conscience comme le remède à tous mes maux.

— Peuh ! fit Lipotte avec dégoût. L'examen de conscience... Si vous voulez bien me permettre de reprendre ma comparaison, lorsque mon garde-chasse vient la veille examiner les terriers, il tâche de relever les traces récentes, les déjections fraîches, il palpe, il flaire, jusqu'à ce qu'il ait découvert celui où nous aurons chance de trouver la bête au gîte. C'est ça, mon cher, votre examen de conscience ! Pensez donc ! Un mauvais rêve de l'enfance depuis long-temps oublié, oublié vingt ans, trente ans, quarante ans, qui vous a fait souffrir depuis, sous vingt noms différents, dont pas un, d'ailleurs, n'est le vrai, est-ce que vous recon-naîtriez l'animal si je vous le présentais comme ça, entre le pouce et l'index ? Alors pas la peine d'essayer de l'imagi-ner, sans l'avoir vu ! Il y a bien des chances pour qu'il ne ressemble pas plus aux terreurs, aux obsessions, ou même aux vices dont il est cause, que le blaireau à ses crottes ou le renard à son odeur. Hé ! hé !...

Les mains faisaient le geste de saisir et d'arracher, au nez du vieil écrivain, toujours vaincu par la faconde de son médecin favori.

— Vous réfléchirez, continua perfidement Lipotte (et aussitôt son visage exprima ce sérieux mêlé de tristesse dont il accueille les confidences ultimes de ses bizarres clients). Je parle dans l'intérêt de votre art, de votre œuvre. Vous appartenez à une glorieuse génération d'écrivains dont le tort est de déconcerter parfois la jeunesse, alors qu'il leur suffirait de...

Le regard du vieux Ganse continuait d'aller lentement d'un coin à l'autre de la vaste pièce, et finit par s'arrêter sur celui de son interlocuteur avec une espèce de lassitude horrible.

— Je ne crois pas à la jeunesse, dit-il. Je me demande si j'y ai jamais cru, et d'ailleurs je m'en fiche. Je ne crois qu'à la littérature — un point, c'est tout. La littérature n'est pas faite pour les générations successives, mais les générations pour la littérature, puisqu'en fin de compte c'est la littéra-ture qui les dévore. Elle les dévore toutes, et les rend sous les espèces du papier imprimé, comprenez-vous ?

— Mon Dieu, je ne dis pas non, soupira le psychiatre. A quoi bon discuter ? L'ami ne souhaite que prendre affec-tueusement sa part de vos petites misères. L'homme de science désirerait vous en délivrer, voilà tout. Seulement, il ne peut rien sans vous. Lorsque vous m'aurez jugé digne de votre confiance...

— Voyons, Lipotte !

— Oh ! un simple crédit suffirait. Avec vous, mon cher, je parle votre langage, le langage de l'écrivain. Quoi qu'en pensent les pontifes, c'est celui qui convient le mieux à nos méthodes, je ne rougis pas de le dire. Eh bien ! savez-vous quel est le plus grand ennemi de l'homme ? Baudelaire tient pour l'ennui — « cette bizarre affection de l'ennui qui est la cause de toutes nos maladies et de nos misérables progrès ». Je ne pense pas comme lui. Notre pire ennemi, c'est la honte. Nous rougissons de nous-mêmes, et l'effort séculaire de notre espèce ne semble avoir d'autre but que de justifier par les religions, par les lois, par les coutumes, une si étrange disposition de l'esprit qui nous paraît, à nous savants, inspirée par un immense orgueil inconscient. Non ! ne me répondez pas que le cynisme... le cynisme n'est qu'une déviation, une déformation de ce sentiment de la honte, à peu près comme une certaine impiété, la caricature de la dévotion. Les confidences des cyniques, je connais ça ! Gluantes de vanité, mon cher Ganse ! Qu'importent ces coquetteries, calculées ou non ? En les prenant au sérieux, nous perdrions notre temps. Le véritable amateur de femmes sait bien qu'une conversation spirituelle, qu'un madrigal étincelant n'a jamais servi de rien à son auteur, que le bénéficiaire en est toujours quelque audacieux qui a profité du moment favorable et... (il employa ici une image ignoble). Si le brutal ne réussit pas toujours, c'est qu'il aura laissé à l'adversaire quelque échappatoire, quelque prétexte plausible — que sais-je ? — il faut si peu de chose à une femme pour qu'elle retrouve tout à coup, avec le don des larmes, l'estime de soi... Souriez tant que vous voudrez, la comparaison n'est pas mauvaise ! Nous seuls, savons porter la main au point précis, à la racine même du mal que le plus effronté de nos malades défend, presque à son insu, comme sa vie.

— Je suppose que c'est ce que vous appelez l'âme ?

— Ils l'appellent ainsi, dit le psychiatre, mais ils se vantent. Je la leur retourne comme un gant.

Lui aussi subissait l'ascendant de l'écrivain dont il enviait et haïssait la renommée. En sa présence, et pour peu que l'occasion s'y prête, il multiplie comme malgré lui les paradoxes graveleux qui lui ont fait jadis une réputation, bien qu'il les réserve aujourd'hui à des auditoires de province ou aux membres de clubs naturistes dont il dirige de haut les consciences. Car l'amitié de la princesse de Miramar vient de lui ouvrir les portes de salons mal-pensants, mais très fermés, et il prépare un travail — « oh ! presque rien, une simple plaquette, mon cher » — sur M. Paul Valéry.

— Que voulez-vous ? je ne crois pas, dit tristement Ganse, je n'ai pas la foi. Je suis né, je mourrai libre-penseur et rationaliste, j'ai horreur de toutes les antiennes mystiques et celle de la sexualité ne me tente pas davantage. D'ailleurs, vous vous trompez beaucoup sur mon compte. Rendez-moi — je ne dis pas la puissance, elle ne me fait point défaut — mais le goût du travail, et vous verrez si je ne rétablis pas l'ordre là-dedans, moi seul !... Je suis un fils d'ouvrier, je suis un ouvrier de Paris, reprit-il avec une émotion feinte que démentaient son regard trouble, la grimace exténuée de sa bouche. Il n'y a que le travail qui nous remette sur pied, nous autres, physiquement et moralement. Le travail justifie tout. Et... et...

Il posa sur la manche de Lipotte sa grosse main tremblante et, incapable de feindre plus longtemps, laissa voir ses yeux pleins de larmes.

— Je ne puis plus, dit-il... Ja... Jamais tant... d'idées, de projets... la matière de vingt livres... on ne me fera tout de même pas croire... Voyons, Lipotte !...

— Je ne veux rien vous faire croire, répliqua l'autre, impitoyable. Quand un cardiaque vient se plaindre à moi de malaises, d'anxiété, je ne me fie pas à ses dires, je l'ausculte. Or, de tous les malades, les nerveux sont les moins capables d'apprécier exactement la nature et l'étendue de leurs maux.

— Ecoutez, cher ami, reprit Ganse d'une voix suppliante, vous avez perdu confiance, vous ne croyez plus en moi, on ne croit plus en moi, c'est ce qui me tue. Et dans cette maison même...

Il laissa retomber brutalement sa tête sur ses poings fermés.

— Ils me dévorent, bégaya-t-il. Je suis mangé tout vivant par les rats. Oui : aucun écrivain digne de ce nom — entendez-vous, monsieur ! — aucun écrivain, fût-il Balzac ou Zola, ne viendrait à bout de son œuvre dans les conditions où je dois écrire la mienne !

— Oui, sans doute, accorda Lipotte avec un sourire indulgent, ce n'est pas moi qui mettrai en doute l'influence du milieu. Le milieu familial est l'un des plus favorables à l'ensemencement des phobies, des obsessions, et vous vous êtes fait, bien imprudemment d'ailleurs, une espèce de famille.

— Hein ? N'est-ce pas ? s'écria Ganse (son visage exprimait une espèce de soulagement indicible). Tenez, Philippe, par exemple. Ce petit garçon-là me méprise, parfaitement. Oh ! il y a des mépris qui vous fouettent le sang, vous remettent d'aplomb. Le sien... le sien me glace, littéralement. Et d'ailleurs, c'est une chose insaisissable, un air qu'on respire, je ne sais quoi. Le malheureux laisse entendre que je l'ai déçu. Voyez-vous ça ? Déçu de quoi ? Et le voilà maintenant qui fréquente les pires canailles, des anarchistes, l'ancien préfet de police m'a prévenu, je vis dans la crainte d'un scandale. Si je vous disais... J'ai dans mes comptes un trou de dix mille francs, au moins !

— Allons donc !

— Parfaitement. Et personne n'ignore ce que j'ai fait pour cet ingrat. La mère était une simple ouvrière de Belleville, avec laquelle j'ai vécu quelques mois et qui est morte à l'hôpital, au cours de mon premier voyage à l'étranger — mon fameux reportage sur les Balkans, vous souvenez-vous ? — Le vrai père était un vieux noble sans le sou, vivant d'une rente viagère. Tant qu'il a vécu, il a payé la pension du gamin au collège de Savigny-en-Bresse, puis il est mort. J'avais naturellement oublié le fils et la mère, lorsque la marquise de Miramar, qui était un peu cousine du vieux et au courant de l'affaire, m'a sollicité en faveur de Philippe. J'ai d'ailleurs raconté l'histoire, en la transposant un peu, dans L'Abandonné. Vous vous rappelez, cette scène entre la princesse Bellaviciosa et l'illustre sculpteur Herpin ? Une des meilleures choses que j'aie écrites, je crois...

Lipotte approuva de la tête, gravement.

— Bref, l'enfant m'est retombé sur les bras. Mon Dieu, je ne suis pas saint Vincent de Paul ! A ce moment-là, deux ou trois mille francs par an n'étaient qu'une bagatelle... De toute manière, la marquise m'eût coûté gros, c'était une des femmes les plus chères de Paris. Et puis, je faisais des projets : l'enfant ne passait pas pour une bête. Je me disais qu'il serait un jour le secrétaire rêvé, qu'il apporterait son message, le message de sa génération, à l'écrivain vieillissant. Un rêve idiot. Les générations ne se rapprochent que pour se dévorer. Par bonheur, elles s'atteignent rarement, sinon les révolutions et les tueries n'en finiraient pas, vous comprenez ? Quand l'une entre en pleine possession de ses moyens, a son compte exact de dents et de griffes, la mort escamote l'autre... prutt !... Il faut déjà qu'elle se retourne pour faire face à celle qui suit, la tenir en respect.

— Allons donc ! protesta Lipotte conciliant. Les générations ne sont-elles pas aussi divisées contre elles-mêmes ? Voyez ce petit Mainville... Mainville et Philippe ont l'air de camarades, et pourtant...

Au nom de Mainville le regard de Ganse sauta au fond de ses prunelles pâles, comme une mouche bleue.

— Sacré Mainville ! reprit le docteur sans paraître remarquer l'émotion du vieil écrivain, sacré petit bonhomme ! J'en vois passer des tas dans mon cabinet, qui lui ressemblent comme des frères. C'est un type de jeunes assez curieux, quand on y pense.

— Pourquoi ? demanda Ganse d'une voix mal assurée. Je le trouve quelconque...

— Sans doute. Parce que vous avez le nez dessus. D'ailleurs ils sont trop : l'espèce paraît banale. Et comme ils ne laisseront rien, aucun souvenir, étant la stérilité même, la postérité ne s'occupera pas de les classer, elle les rattachera bêtement aux types connus. Jusqu'à ce que des circonstances plus favorables permettent à la nature, qui ne se lasse jamais, de recommencer la tentative manquée car, en somme, ces gaillards-là, mon cher, ont eu seulement le malheur de venir trop tôt, dans un monde trop... que vous dirais-je... trop « pathétique » — voilà le mot. Pathétique, de *pathein*, souffrir. Le christianisme a beau se dissoudre peu à peu de lui-même, notre monde occidental n'arrive pas à éliminer les plus subtils, les plus venimeux de ses poisons. Tous ces gens n'ont l'air empressés que de jouir, mais ils ont quelque part, dans un coin secret de leur vie, un autel dédié à la souffrance. Et s'ils courent après l'or — qui n'est en somme que le signe matériel de la jouissance, — c'est avec un reste de honte, parce que la Pauvreté — la sainte Pauvreté — leur en impose toujours. Les Mainville ont échappé, je ne sais comment, à cette sorte de fétichisme, à cette crasse millénaire. Et comme ils manquent incroyablement d'imagination poétique, la singularité de leur destin ne leur apparaît qu'à peine, ils restent intacts, nets et lisses comme des salles de clinique, quoi !

— Nets et lisses, répéta machinalement le vieux Ganse. Il avait l'air de parler en rêve.

— Voyez-vous, continua Lipotte après un silence — il appuyait l'extrémité du menton sur ses mains jointes — les géologues nous parlent de « périodes glaciaires ». Personne n'a jamais été fichu de dire pourquoi d'immenses continents qui mijotaient depuis des siècles en pleine pourriture tropicale, ruisselante de sève, avec leur flore et leur faune, se sont vus tout à coup enfermés dans le froid, comme dans une sphère de cristal. Hein ?... Eh bien ! mon cher, je crois que l'imagination humaine va rentrer dans une période glaciaire après avoir connu, elle aussi, ces végétations hideuses, ces forêts inextricables, inexplorables, hantées par des bêtes mystérieuses — ces forêts qui s'appellent les Mystiques et les Religions. Seulement, la température est encore trop élevée pour des Mainville, pauvres diables ! Alors, ils demandent à des saletés, à la cocaïne, à la morphine, de les mettre au degré de chaleur qu'il faut. Sans ça, mon cher, vous ne les auriez pas, personne ne les aurait. Aussi durs à croquer et à digérer qu'une pilule de verre. Hi ! Hi !...

Le petit rire sec et grêle, qui semblait le défier, mit brusquement Ganse hors de lui.

— Vous ne crachez pas sur la drogue, dit-il grossièrement.

— Pourquoi pas ? répliqua le brillant chroniqueur du *Mémorial* pris de court ; cela ne regarde que moi.

Un moment le regard de Ganse, jadis vanté, retrouva quelque chose de sa puissance perdue, ce feu sombre dont il disait lui-même, après Balzac, qu'il « plombait les imbéciles ».

— C'est que vous avez peur de la mort, fit-il d'une voix rauque. Toutes les terreurs en une seule, hein ? Ça ne vaut pas le coup !

— Allons, pas la peine de nous jeter nos petites misères à la tête, répliqua Lipotte — et il essuyait délicatement, du bout de ses doigts, ses tempes luisantes de sueur. Je ne pense pas que vous m'ayez fait venir pour me préparer à... à ce saut dans le néant ? Nous n'en sommes pas encore aux capucinades, vous et moi ?

— Non, dit Ganse. Votre opinion sur Mainville m'intéresse énormément... (il hésita une seconde) Simone en est folle, mon cher...

— Je sais.

— Heu ?

— Secret professionnel, protesta Lipotte mi-sérieux, mi-riant. Ne m'en demandez pas plus. D'ailleurs, je vois souvent Mme Alfieri, chez Edwige...

— Edwige ?

— La princesse de Lichtenfeld, rectifia le docteur, négligemment. Un milieu très curieux, très avancé... Edwige a découvert je ne sais où un ravissant petit moine tibétain qui se livre à des expériences surprenantes sur la germination des plantes — une sorte de Messie. Mais dites-moi, cher ami, en quoi diable une intrigue de votre secrétaire avec Mainville peut-elle vous intéresser ? Je crois savoir qu'entre la comtesse et vous...

— Vous savez cela aussi ? répliqua Ganse. Décidément, vous savez tout ! Eh bien ! permettez-moi de répondre que je vous crois absolument incapable de comprendre quoi que ce soit à l'espèce de sentiment si particulier, si profond, qui attache l'un à l'autre deux êtres également dévoués à une œuvre commune dont la pensée domine leur vie.

— C'est la définition même du mariage que vous me donnez là, dit Lipotte froidement. En ce cas, on ferait mieux de coucher ensemble. La nature a prévu cette sorte de simplification.

— Je couche avec qui il me plaît ! hurla Ganse exaspéré. D'ailleurs ma secrétaire n'est pas seule en cause. Mainville est orphelin et...

— Vous vous croyez des devoirs envers lui ? Eh bien ! mon cher, je crois pouvoir vous rassurer sur le sort de ce garçon. La comtesse n'est pas évidemment une femme ordinaire. Mais il y a une forme supérieure d'égoisme contre laquelle une femme, même exceptionnelle, ne peut rien. J'ajoute que votre protégé ressemble au traité de Versailles — trop faible pour ce qu'il a de dur. Avant de conquérir le monde, l'espèce à laquelle il appartient devra d'abord se refaire un sympathique tout neuf. Ces gaillards-là n'en sont encore qu'à user celui de leurs papas et grands-papas. Je ne soigne pas Mainville, je puis vous parler franchement. Joli type d'hérédo, névropathe, anxieux, et — probablement — fugueur. Voilà mon pronostic, et il est sombre. Le hasard qui a rapproché ces deux êtres ne me paraît pas si sot : il les détruira l'un par l'autre.

Depuis un moment, Ganse n'opposait plus à son subtil bourreau qu'un visage défiguré par la rage et la peur.

— Névropathe, anxieux, fugueur, et quoi encore ? Ils se détruiront l'un par l'autre ? A moins qu'ils ne me détruisent d'abord ! Je suis dans une maison de fous, gémit-il.

— Ne dites donc pas de bêtises, fit Lipotte en haussant les épaules. Est-ce qu'un peintre de la société contemporaine devrait parler ainsi ? Allons donc ! Jadis les religions recueillaient la plupart de ces types, c'est une justice à leur rendre. Sous l'uniforme on ne les reconnaissait plus. Astreints à une même discipline et à des exercices évidemment empiriques, mais assez ingénieux, ma foi, ils harassaient les confesseurs pour la plus grande tranquillité des normaux, qui sont, après tout, l'exception. Aujourd'hui le médecin est débordé, laissez-lui le temps de faire face à une tâche colossale, que diable ! Saperlipopette ! Vous vous payez des abattoirs d'hommes — dix millions de pièces débitées en trois ans — des révolutions presque aussi coûteuses, sans parler d'autres divertissements, et vous voudriez fermer en même temps les églises et les prisons... Une maison de fous ! Et après ? Cher ami, des livres comme les vôtres ont, aux yeux du modeste observateur que je suis, une immense portée sociale. En attendant que nous soyons, nous autres médecins, en état d'assurer un service indispensable, la récupération des errants, des réfractaires, votre œuvre leur ouvre un monde imaginaire où leurs instincts trouvent une apparence de satisfaction qui achève de les détourner de l'acte. Parfaitement ! vous déchargez des subconscients qui sans vous, et si faible que soit leur potentiel efficace, finiraient par exploser, au plus grand dommage de tous. Tenez, la comtesse par exemple... Dieu sait ce dont une telle femme eût été capable ! Mais la voilà maintenant, grâce à vous, hors d'état de nuire à qui que ce soit, sinon à elle-même peut-être, et encore ! Je le disais l'autre jour à François Mauriac : les doigts de Thérèse Desqueyroux ont délié plus d'une main déjà serrée autour de la fiole fatale...

Il répéta deux fois la phrase avec une satisfaction visible.

— Vous croyez ? dit Ganse. C'est que je me méfie de Simone... Tout à l'heure encore elle a prononcé devant moi des paroles bizarres...

— Quelles paroles ?...

— J'hésitais à vous les rapporter, balbutia l'auteur de *L'Impure*. Et d'ailleurs je ne me les rappelle pas exactement. Il s'agissait du dénouement d'un livre auquel je tiens beaucoup, et que je n'arrive pas à finir. Bref...

La sonnerie du téléphone venait de retentir, et Ganse appuya distraitement l'écouteur à son oreille.

— Philippe vient de se tuer, dit-il tout à coup, tournant vers Lipotte un visage livide.

VII

Le restaurant préféré d'Olivier Mainville est celui d'une minuscule pension de famille proche de la rue Notre-Dame-des-Champs et il donne de cette préférence, à ses intimes, des raisons avantageuses. La vérité est qu'il retrouve dans le petit entresol aux papiers ternis, aux plafonds vermoulus, avec son odeur de colle et ses sages petites tables fleuries, quelque chose du presbytère campagnard où il a connu ses meilleurs jours.

Cette pension de famille n'est d'ailleurs fréquentée que par des garçons qui lui ressemblent, jeunes provinciaux admirablement faits, en apparence, au climat de Paris, mais pourtant reconnaissables au premier coup d'œil, trop bien vêtus, trop corrects, en dépit des cravates scandaleuses, des manteaux de sport, avec cet air de bourgeoisie cossue, aujourd'hui si rare, cette méfiance courtoise, dernière et brillante métamorphose de la ruse paysanne, léguée par une longue suite d'aïeux avares et riches. Mme Dunoyer, la patronne, connaît admirablement sa clientèle, et feint une indulgence excessive qui confirme chacun de ces messieurs dans la bonne opinion qu'il a de lui-même, de ses prudentes débauches, de son cynisme démodé. Mais la malicieuse vieille dame sait mieux que personne que son indulgence est sans risques.

Au claquement de la porte, Mainville leva la tête, saisi par une sorte de pressentiment lugubre. Depuis le matin, il souffre de son malaise chronique, les palpitations cardiaques qu'il a beau savoir inoffensives, qu'il ne peut s'empêcher de suivre, un doigt sur la tempe ou discrètement glissé sous la manchette. Chaque nouvelle accélération du pouls, réelle ou imaginaire, fait passer de sa nuque aux talons une onde d'angoisse.

Pourtant l'inconnu qui échange avec la patronne une conversation à voix basse, dont il n'entend que le vague murmure, n'a rien qui puisse retenir l'attention : quelque commis épicier sans doute, venu pour une commande. Mme Dunoyer, toujours assise au comptoir, vient de se pencher jusqu'à l'épaule de son interlocuteur, en sorte qu'Olivier ne peut distinguer son visage. Et tout à coup celui de l'inconnu se tourne vers la salle, avec la cruelle effronterie des porteurs de mauvaises nouvelles, un visage presque exsangue, dépourvu de menton, perché sur un cou plus blême encore.

— Monsieur Olivier, dit la patronne d'une voix compatissante, une nouvelle pour vous.

Elle détourne les yeux avec un profond soupir, et l'inconnu est déjà sur le palier, où Mainville le suit machinalement.

— Voilà, fait le garçon d'une voix molle, votre ami Philippe vient de se ficher une balle dans la peau. Ça s'est passé à l'hôtel où j'habite, rapport qu'il y venait souvent, pour rencontrer des copains. J'ai entendu le coup de ma chambre, qu'est à l'étage. Il y avait un bout de papier sur la table, votre nom et l'adresse du restaurant. On a prévenu les camarades, mais en douce, à cause du patron de l'hôtel qui n'aime pas les histoires.

— Il... il... il est mort ? bégaya Olivier, cramponné des deux mains à la rampe.

— Non. Il a même demandé à ce qu'on l'assoie dans le fauteuil. Entre nous, le copain parlait souvent de se détruire, mais personne n'y croyait, hein ? C'est un drôle de type, sans offense, et pas facile à comprendre. Des gars instruits comme lui, ça a des trucs à eux pour en imposer

à la famille, pas vrai ? Sait-on seulement s'il a voulu se tuer
— réellement ? Remarquez que je dis ça sans savoir, une
idée, quoi ! On va toujours prendre un taxi...

Philippe a été en effet transporté sur le fauteuil. La petite
chambre ressemble à n'importe lequel de ces cabinets
d'hôtel meublé, mais elle est claire, car sa fenêtre s'ouvre
juste sur la brèche laissée entre les murailles par une
étroite masure en démolition, déjà décapitée de ses étages,
et dont le rez-de-chaussée achève de s'effondrer sous le pic.
Du couloir, Mainville a embrassé la scène d'un coup d'œil,
par la porte entrebâillée.

— Le camarade Danilow, étudiant.

— Externe à Beaujon, rectifie le nouveau venu, d'une
voix chantante.

Il porte un extraordinaire veston beige presque rose,
rayé de vert, beaucoup trop grand pour lui, et d'ailleurs
prodigieusement insolite sous ce ciel hivernal. La tête
minuscule, aux pommettes épaisses, disparaît à demi sous
les plis d'un cache-nez de laine grise, emprunté sans doute
au vestiaire de l'hôpital, et Mainville ne voit que les yeux
verdâtres, inexpressifs, où le regard semble affleurer par
instants pour disparaître aussitôt, ainsi qu'une eau trouble
qui ne parvient pas à atteindre son niveau.

— Les camarades préféreraient qu'on ne le transporte
pas à l'hôpital, dit-il. Mais il faut prendre garde, à cause
des règlements de police, je ne voudrais pas m'attirer des
ennuis, vous comprenez ?... Monsieur est de la famille ?
demanda-t-il à la cantonade, car Olivier, malgré tous ses
efforts, ne réussissait pas à desserrer les mâchoires. Il
écoutait son cœur dans sa poitrine, ainsi qu'une petite bête
affolée, rageuse.

— Non, un ami seulement, expliqua l'autre, jetant sa
veste pour apparaître en chandail bleu, taché d'huile et de
cambouis. C'est une sale blague que Pipo nous a faite là.
Naturellement je comprends qu'on se détruise, chacun est
libre. Mais c'est pas mariolle d'emprunter pour ça la chambre d'un ami. Le camarade Gallardo n'a pas de papiers, et
si le patron met le nez là-dedans, ça fera sûrement du
vilain. Avec ça que la police n'est pas tendre pour les Espa-
gnols depuis l'affaire des Asturies.

— Va... va-t-il mourir ? réussit enfin à bégayer Mainville.

— Je ne pense pas, dit l'étudiant. Mais la balle n'a pas dû passer loin des coronaires.

— On devrait tâcher de le descendre en douce, dit un voisin, debout sur le seuil de sa chambre, au fond du couloir ténébreux. Qu'est-ce que ça peut lui ficher, en somme, de claquer ici ou ailleurs ? Pourvu qu'on débarrasse la piaule, le patron fermera les yeux.

Le regard de l'homme au chandail ne quittait plus le joli visage décomposé de Mainville.

— Tais-toi donc, Jo ! supplia une voix de femme. De quoi tu te mêles ? Tout l'étage est sens dessus dessous. Vous voudriez appeler les flics que vous ne feriez pas mieux.

— Et après ? Qu'est-ce que ça peut bien me ficher à moi ? Depuis juillet, je suis en règle. J'en serai quitte pour changer de rue.

— Assez, camarade, reprit l'homme au chandail. Cours toujours prévenir Gallardo à l'usine, il aura peut-être une idée. Dites donc, reprit-il en se tournant vers Olivier, si vous êtes vraiment son ami, faudrait vous décider. On ne va pas rester jusqu'à la nuit à palabrer dans le couloir. Avec ça que je n'ai pas pris seulement le temps de bouffer, et je dois être à l'usine avant trois heures, vous vous rendez compte ? Si j'étais vous, je descendrais jusque chez le troquet d'en face, et je téléphonerais à la famille. Tiens, v'là Mlle Vania, c'est pas trop tôt.

— Il est mort ? dit la nouvelle venue.

L'accent tranquille de sa voix fit sursauter le secrétaire de Ganse.

— J'ai apporté ma trousse, dit-elle. Drôle d'idée de vouloir se tuer en se tirant une balle dans la poitrine sans connaître l'anatomie ! Hein, camarade Danilow ?

Elle continua d'interpeller vivement l'étudiant, mais en russe. Puis d'un battement de paupière faisant signe à Olivier de les suivre, elle rentra dans la chambre dont elle referma la porte. Au bruit, si léger qu'il fût, le blessé parut lever un peu la tête, qui glissa légèrement au creux de l'oreiller. Mais le regard de Mainville se détourna vite : il s'efforçait de ne pas quitter des yeux le visage de la jeune fille, et il y puisait le courage nécessaire pour ne pas fuir.

— Français ? dit-elle avec un sourire ambigu. Impressionnable comme un Français. Regardez un moment par la fenêtre, remettez-vous. Je vais d'abord lui faire une piqûre. Danilow ! Ouvre la trousse. Les ampoules sont dans la petite boîte de cuir.

Elle avait déjà tiré de son sac un stéthoscope, et commençait d'ausculter soigneusement le cœur du blessé.

— Tu te trompes, mon vieux, dit-elle enfin. La balle n'a même pas effleuré l'artère, rien de grave.

Ce mot rendit quelque sang-froid à Mainville. Pendant toute cette scène, il n'avait cessé de penser à son propre péril, d'ailleurs imaginaire, à la syncope imminente. Il tourna opportunément vers la Russe un regard de martyr sous les verges, plein d'une résignation douloureuse. La question qu'il attendait vint enfin.

— Et vous ? Ça ne va pas ?

— Pas fort, dit-il d'une voix blanche. Je suis sujet à... certaines crises cardiaques et...

Il tendait déjà sournoisement son poignet, tandis que l'étudiant et sa compagne échangeaient entre eux, par-dessus sa tête, un regard qui le fit rougir jusqu'aux yeux.

— Restez tranquille un moment, fit Danilow. Dans ces cas, le plus simple est de penser à autre chose...

— A votre ami, par exemple, proposa la jeune fille.

Mais l'accent de sa voix atténuait la cruauté de la remarque.

— Je me demande d'ailleurs à quoi vous pouvez servir ici. A moins que le camarade n'ait voulu vous jouer un tour — c'est assez dans sa manière. N'était la blessure — pas inquiétante, un vrai bobo ! — reprit-elle en élevant la voix comme pour se faire entendre du blessé, tout cela ressemblerait beaucoup à... à une mise en scène, une comédie. Tout dans ce pays a ce caractère de... de convention, ne trouvez-vous pas, monsieur ? Ironie et amour, amour et ironie, les Français ne sortent pas de là. Votre pays est trop riche, voilà le mal, un pays de loisir, les paysans mêmes ne sont pas vrais, vos marchands ont l'air de nobles. Vous n'êtes jamais venu ici, naturellement ?

Il secoua la tête.

— Lui aimait cela, dit-elle, cette boîte... Il aimait le faubourg. Vos jeunes bourgeois n'ont pas peur de la misère. La misère est médiocre, bourgeoise, à la portée de n'importe qui. Chez nous, elle est... elle est majestueuse, imposante, royale... oui, elle a la majesté de l'enfer. Néanmoins l'hôtel est commode : nos camarades s'y retrouvent plus facilement qu'ailleurs ; le patron est de la police ; mais c'est un ancien gendarme, il est plus sûr que les autres, des Marseillais, des Auvergnats, plus régulier. Seulement...

Elle essuyait soigneusement sa seringue avant de la remettre dans l'étui.

— Il serait préférable de ne pas garder le blessé ici. Faute de mieux, on pourrait le transporter chez Thiévache, à deux pas ? Voyez-vous, fit-elle en se retournant vers Mainville, nous sommes un petit groupe libertaire, très réservé, très fermé, nous nous méfions des « mouchards » (elle prononçait drôlement le mot). Mieux vaut tenir au-dehors de nos affaires la police et les familles. N'est-ce pas, Danilow ?

Elle continua la conversation en russe, sur le même ton d'indifférence absolue, comme si le sort du blessé ne l'intéressait plus. Olivier se croyait le jouet d'un rêve. En vain jetait-il de temps en temps vers Philippe un regard furtif, il ne pouvait reconnaître son compagnon dans ce bizarre garçon aux yeux clos, le torse enveloppé d'un pansement tout frais, immaculé. Nul spectacle, si horrible qu'il pût l'imaginer, n'aurait éprouvé ses nerfs malades autant que celui de cette chambre proprette, bien close, presque gaie, avec ces deux inconnus discutant paisiblement auprès d'un blessé dont ils n'avaient pas plus l'air de se soucier que d'un dormeur ou d'un ivrogne. Certains cauchemars ont ce caractère mystérieux de frivolité dans l'horreur.

— Danilow n'est pas d'avis... commença la jeune Russe.

Ils se retournèrent brusquement tous les trois. Une espèce de gémissement sortait du creux de l'oreiller. La voix se fit rapidement distincte.

— Raté, dit Philippe.

— Tout à fait, mon cher, répliqua l'étudiante. Vous avez choisi la bonne place, et ce n'était pas si facile. A croire que vous connaissez mieux que moi l'anatomie...

De nouveau Mainville la vit échanger avec son camarade un regard énigmatique.

Un peu de rouge vint aux joues blêmes de Philippe.

— Vous m'embêtez, fit-il, vous m'embêtez tous, parole d'honneur ! Voilà cinq bonnes minutes que je vous écoute.

Ça m'arrivait comme à travers un épais brouillard, de très loin... Je me demandais si je lisais ou si j'entendais... « Minuit, le pas des mots recule au fond des livres. »

— Ne parlez pas tant, conseilla l'homme au complet beige. Il y a plus de peur que de mal, et si vous pouviez vous tenir debout...

— Je me sens très bien, dit Philippe. Je voudrais simplement qu'on me laissât tranquille cinq minutes avec mon ami.

— C'est bon, répliqua la jeune fille sèchement. Nous allons toujours demander au camarade Thiévache de venir avec son taxi. Comme il prend depuis lundi le service de nuit, on est sûr de le trouver au garage. Danilow vous prêtera son veston : le vôtre est plein de sang.

Mais le blessé ne l'écoutait pas. D'un clin d'œil, il appela Mainville, et ils restèrent ainsi quelques secondes, face à face. Aucun détail de l'étrange scène ne devait échapper au secrétaire de Ganse, puisqu'il en donna plus tard un récit exact, et pourtant elle se déroula dès ce moment devant lui sans qu'il eût jamais l'impression d'intervenir réellement. Le son même de sa voix lui était devenu comme étranger.

— Eh bien ! reprit Philippe, vous voyez ? pas encore parti... J'ai tout de même mis le nez à la fenêtre...

Son embarras était visible, mais il échappait entièrement à Mainville. Les paroles de son interlocuteur éveillaient en lui un personnage qui trouvait sur-le-champ la réponse convenable, que les lèvres d'Olivier répétaient avec un entier détachement. Et c'était justement la stricte convenance des demandes aux réponses qui donnait à tout le dialogue un caractère bizarre, artificiel, que Philippe ne put supporter. De cet étrange dédoublement, Mainville n'eut jusqu'au bout qu'une conscience vague, bien qu'il avouât depuis que le pressentiment ne le quitta pas d'un dénouement tragique. Mais cette attente restait curieusement dépouillée de tout sentiment d'horreur, ou même de pitié. Assuré d'un malheur désormais inévitable, il en arrivait à le souhaiter plutôt qu'à le craindre, avec une sorte d'impatience ou de curiosité cynique. « Il me semblait que je regardais tomber du haut d'une montagne un homme inconnu, pour lequel je ne pouvais absolument rien. » Comme l'expliqua Lipotte, longtemps après l'événement, le malheureux garçon était déjà sous le coup de la terrible crise nerveuse où faillit sombrer sa raison. Il l'avoua d'ailleurs lui-même au psychiatre : « Tandis que nous poursuivions cette conversation, je croyais voir distinctement, par-dessus l'épaule de Philippe, une longue route toute droite, éclatante, infinie, entre deux rangées d'arbres énormes, d'un vert pâle aux reflets d'argent, dont j'entendais frémir les cimes. »

— Le nez à la fenêtre, répéta le neveu de Ganse. Mais il fait terriblement noir de l'autre côté. Je n'ai rien vu. Qu'en pensez-vous, seigneur ?

— Je pense que c'est idiot. Quinze jours ou trois semaines de clinique pour n'avoir rien vu !

— Idiot, idiot... Vous n'avez que ce mot-là dans la bouche. Le vieux Ganse le dira aussi. Et moi-même un jour peut-être... Car c'est bien là l'horrible de la chose, mon petit Mainville, je finis toujours par dire comme vous tous. Et vous dites tous la même chose. Pouah !... Vous avez entendu ces deux Juifs ? En somme, ils regrettent que je ne sois pas réellement crevé : ils m'auraient descendu dans une malle, pour ne pas risquer d'attirer des ennuis au camarade, une espèce de brute, un voyou...

— Je me demande pourquoi vous fréquentez ces types-là.

— Pourquoi ? Je ferais volontiers la même demande à Votre Seigneurie. Pourquoi ? Ce n'est pas eux que j'aime, mon cher, ou du moins que je crois aimer. C'est le faubourg, les rues du faubourg, les fruiteries, l'ombre fraîche et puante, les gosses, le ruisseau qui charrie les feuilles de choux et de salades, ce je ne sais quoi de canaille et d'enfantin qui me rappelle... qui me rappelle... après tout, facile à deviner, ce que ça me rappelle ! Je n'ai pas été porté dans un ventre de grande bourgeoise, moi. Et justement, tenez, ce quartier-ci, c'est le sien.

— Alors, drôle d'idée de choisir ce quartier-là pour...

— Pour ? Ah ! oui... Je ne l'aurais pas choisi pour crever, non. L'idée m'est venue de me tuer parce que... Il faut que je vous dise, mon vieux. Avant de servir d'asile à ce voyou espagnol, cette diable de chambre abritait les chastes amours d'une petite plumassière, amusante comme tout, qui me rappelait aussi... Bref, à la seule condition de biffer quelques années au calendrier, j'aurais pu me donner l'illusion de tromper le vieux Ganse...

— Inutile de jouer les cyniques avec moi, Philippe. Au fond, vous êtes un sentimental, mon cher. Tout le monde le sait.

— Peut-être bien. Il faudrait savoir ce que ce mot-là signifie dans votre sale petite bouche. Mais dame oui ! après tout. Ce doit être joliment bien d'aimer et d'admirer. Seulement il est nécessaire de commencer jeune, et j'ai probablement trop attendu. Quand j'étais gosse il m'arrivait de recevoir au bahut — pas souvent, mais quand même — mes étrennes par la poste. Par la poste, pour la bonne raison que je passais mes vacances à la boîte. Alors, je mettais le paquet sur ma table de nuit, dans l'alcôve, et je remettais à l'ouvrir au lendemain, au surlendemain... J'ai toujours attendu trop longtemps, trop longtemps pour tout... Et tenez, mon vieux, ce suicide même...

Son regard chercha désespérément celui de son camarade et sans doute eût-il réussi, en d'autres circonstances, à briser l'égoïsme de Mainville, car c'était un de ces regards plus clairs et plus déchirants qu'aucun appel, un regard soudain miraculeusement lavé de tous les mensonges, un regard nu. Mais les yeux du secrétaire de Ganse le reflétèrent ainsi qu'un miroir, avec la même indifférence stupide.

— Oh ! je devine votre pensée, reprit Philippe d'une voix rauque. La même que celle de ces deux salauds, je suppose ? Vous l'avez entendue, hein ? « A croire que vous connaissez mieux que moi l'anatomie... » Sale bête ! Ecoutez-moi, mon cœur. En ce moment, je devrais agoniser pour de bon, et vous confier, entre deux hoquets, ma dernière pensée... Ce n'est pas vrai que j'aie voulu tirer une carotte au vieux Ganse. Seulement...

Il resta une minute silencieux, les paupières mi-closes.

— Seulement, c'est vrai que je me suis laissé une chance, une petite chance, rien qu'une chance. Sinon j'aurais mis la chose dans la bouche. Aidez-moi à me lever, mon vieux, je me sens maintenant très bien.

Il sortit d'ailleurs sans aide de son fauteuil, et gagna l'autre extrémité de la chambre.

— Les idiots ont laissé là l'instrument du crime, fit-il en tirant des plis de la couverture un pistolet minuscule. Ne craignez rien, idiot ! Comme on le dit dans les journaux, « l'outil s'est enrayé » naturellement. Aussi inoffensif maintenant qu'un pistolet à eau. Je voudrais simplement reconstituer la scène pour votre plaisir. Parole d'honneur, j'étais venu ici pas plus disposé à mourir que d'habitude, au contraire. Ma combine, par exemple, était de plaquer Ganse. Le voyou espagnol m'avait trouvé une place de livreur chez Faraud, et justement pour le quartier des Ternes — une grosse moto de 500 équipée en triporteur — vous voyez la tête de Ganse ! Enfin, il y avait de quoi rigoler une semaine ou deux, et les copains aussi me plaisaient, des phénomènes. Un gars qui a fait deux fois le Tour de France comme routier, un ancien international de rugby, un danseur mondain en chômage, et deux bacheliers. Bref, je me sentais plutôt en forme. C'est tout à coup que l'idée m'est venue. Ce n'était même pas exactement l'idée de me tuer, c'était comme la certitude d'être déjà mort, le sentiment d'une solitude, d'une solitude si parfaite que vivre — vous comprenez : voir, entendre, respirer, vivre enfin — m'a paru brusquement une anomalie intolérable. Qu'est-ce que c'est que ce sale cœur qui s'entête à rompre de son tic tac imbécile, de son bruit d'échappement mécanique, ce silence solennel où je viens d'entrer ? Qu'est-ce que c'est que ce répugnant insecte ? Dans ces moments-là on trouverait tout naturel de se fendre la poitrine en deux pour l'arracher avec la main, on écraserait ça avec le pied, comme une bête dégoûtante... Je savais que le pistolet de l'Espagnol était dans la table de nuit. J'ai sauté dessus, littéralement. J'avais un œil au bout de chaque doigt. Et alors...

Il respira bruyamment.

— Eh bien ! mon vieux, c'est alors que j'ai flanché ! Le canon était déjà dans ma bouche — pouah ! — je l'ai posé sur la poitrine et je n'ai pas sérieusement cherché la place, non ! Il fallait que je vous dise ça. Est-ce que vous me prenez pour un lâche ?

— Je... je ne sais pas... fit Mainville.

Mais il balbutia plutôt qu'il n'articula cette phrase meurtrière. On eût dit que les mots n'arrivaient à ses oreilles qu'à travers cette épaisseur de silence, dont venait de parler Philippe.

— Regardez-moi donc en face, idiot ! cria le neveu de Ganse, exaspéré. Je vous demande si vous me prenez pour un lâche.

Il gesticulait, son arme à la main. Une seconde la petite chose froide et luisante effleura le front de Mainville, et le contact faillit le tirer de sa torpeur.

— Croyez-vous que ce soit bien le moment de vous livrer à ces manières ridicules ? C'est tellement roman russe, etc. Lâche ou pas, vous savez, moi je m'en fiche. En tout cas, vous feriez mieux de fourrer ce sale outil dans le tiroir.

— Eh bien, tant pis ! j'ai posé la question, je vais y répondre moi-même, à votre place. Je ne suis probablement pas lâche, mais je viens de constater avec stupeur que je ne serai jamais fixé là-dessus. J'ignorerai toujours si, en d'autres temps, j'eusse été un héros ou un saint. Je déclare simplement que celui où j'ai la disgrâce de vivre ne me fournit pas la moindre occasion de tenter l'expérience avec la plus petite chance de succès. Reste donc à parier pour ou contre. Ce que je vais faire.

Il recula si brusquement que Mainville n'eût pu intervenir, mais il n'essaya même pas. Cette conversation, en apparence pareille à tant d'autres déjà tenues, n'éveillait en lui aucun autre sentiment que le désir sournois d'y échapper, par n'importe quel moyen. Et la même lassitude, le même dégoût se lisaient clairement sur les traits bouleversés de Philippe. Sa bouche, en ce moment plus enfantine que jamais, ne semblait plus articuler qu'à regret des phrases vaines, auxquelles il ne croyait plus. Le double regard qu'ils échangèrent était celui de deux complices, réunis par hasard, également las l'un de l'autre, ou de deux coureurs épuisés, à la limite de leur effort.

Croyait-il vraiment l'arme enrayée ? Ou plus probablement n'avait-il inventé cette fable que pour rassurer Mainville, l'empêcher d'appeler à l'aide, rendre possible cette suprême et puérile mise en scène ? Nul ne le sut jamais, et s'il eût survécu, sans doute ne l'aurait-il pas su lui-même. Comme Olivier, Simone, le vieux Ganse, ou le hideux Lipotte, il était au bout de son rouleau, lui aussi...

Son bras droit se leva lentement et, par une ironie atroce, son compagnon pétrifié d'horreur crut reconnaître le geste habituel — cette façon qu'il avait de passer devant son visage, avec une hésitation feinte, un peu mièvre, sa jolie main rose et blonde... La détonation fit à peine le bruit d'une bouteille qu'on débouche. Il resta debout un moment, un long moment, une interminable seconde, affrontant Mainville d'un visage extraordinairement sérieux, réfléchi, attentif. Puis les yeux glissèrent plusieurs fois, d'un angle à l'autre de l'orbite, avec une rapidité inconcevable, avant de s'immobiliser lentement, chavirés par le haut, découvrant leurs ventres blêmes, ainsi que deux minuscules poissons morts.

VIII

— Mon Dieu, fit-elle, sans pardessus, sans chapeau ? Qu'est-ce qu'il t'arrive ?

Elle ne le tutoyait que rarement. Il répondit avec une grossièreté voulue :

— Oui, me voilà. Donnez-moi du whisky, du gin, n'importe quoi. Vous ne voyez pas que je suis trempé, non ? Je n'y couperai pas d'une pleurésie, c'est sûr.

De la main gauche, elle cherchait un peu derrière l'épaule une agrafe rebelle. Et son buste ainsi renversé, virant doucement sur les hanches, elle restait silencieuse, enveloppant Mainville de ce regard sans défaut, ce regard dont elle sait, disait parfois le vieux Ganse, prendre et reprendre, sans se lasser jamais, l'exacte mesure d'un homme.

— Reposez-vous, dit-elle, calmez-vous. Combien de fois faut-il vous dire que ces sortes de crises sont mille fois plus dangereuses pour vous que des pleurésies imaginaires ?

Elle s'approcha lentement de lui, plaça doucement sa main sur son épaule. Elle ne voyait que le front bombé d'enfant, si pur dans ce visage dont la précoce flétrissure restait imperceptible à tous, ce front farouche où elle ne posait plus ses lèvres, depuis des semaines, qu'avec une sorte d'horrible angoisse.

— Vous avez tort de vous droguer tellement, mon pauvre gentil. L'héroïne ne vous vaut rien.

Il laissa sa tête retomber entre ses mains. Une de ses manchettes trempée de pluie avait glissé jusqu'au bout de ses doigts, et le parfum de son tabac favori montait des paumes humides avec l'odeur de l'ambre.

— Philippe... vient... de se... tuer, finit-il par bégayer d'une voix caverneuse, méconnaissable.

— Heu !

— Devant moi... Oui, devant moi. J'étais près de lui, je le touchais presque. Regardez, j'ai de la poudre sur les joues et sur le cou. Ça me pique comme un cent d'aiguilles, hou !...

Il avala trois verres de whisky et elle dut lutter une seconde pour arracher de ses doigts la bouteille. Il sentit le contact de ses longs bras aux muscles invisibles, mais durs comme l'acier.

— Il faut prévenir Ganse, dit-elle avec calme.

— C'est fait. Ils l'ont fait.

— Qui ça, ils ?

— Les types. Philippe s'est tué dans un sale hôtel meublé, au fond de Belleville, une boîte horrible.

— Ah ! (son regard parut vaciller un moment, mais elle se reprit aussitôt). Cela devait arriver. Philippe était un garçon sentimental. Il jouait la comédie du cynisme, il en est mort. Nous jouons tous la comédie, mais encore faut-il choisir à temps son rôle — un rôle qui nous permet de mentir aux autres sans perdre tout à fait contact avec nous-mêmes. Depuis longtemps, il l'avait perdu, ce contact, lui.

Elle se tut, paraissant suivre des yeux une image rebelle, qu'elle ne réussissait pas à fixer.

— Voyez-vous, dit-elle enfin, il aimait Ganse. Ou, du moins, il eût voulu l'aimer.

Elle se tut de nouveau. La mince figure d'Olivier semblait se rétrécir encore, et l'expression qu'elle redoutait par-dessus tout s'y fixait peu à peu — celle d'un entêtement sans mesure, s'il était permis de donner ce nom à l'une des formes les plus complexes, les plus féroces d'un certain désespoir enfantin.

— Laissez-moi tranquille avec le vieux Ganse, gémit-il. Alors, c'est tout ce que vous trouvez pour... Je vais mourir, cria-t-il brusquement. Mourir, sûr !

Il bondit hors de son fauteuil, resta debout, une main farouchement crispée au dossier, sa jolie tête oscillant de droite à gauche, ne quittant pas des yeux la muraille, avec une expression indéfinissable de surprise et de terreur, comme s'il eût cru la voir se rapprocher de lui, pour l'écraser. Si habituée qu'elle fût à ces crises d'angoisse nerveuse, elle faillit perdre son sang-froid, saisit convulsivement le bras de son faible amant.

— Allons, dit-elle, retrouvant presque à son insu l'accent et les mots qui avaient tant de fois calmé de tels accès, qu'est-ce que vous imaginez là ? Votre pouls est un peu rapide, mais très régulier, très bien frappé.

Il tournait vers la voix compatissante un regard de bête blessée. Les mots, il ne les entendait pas. Il n'était sensible qu'à l'accent familier que sa mémoire confuse associait à des images de paix, de bonheur, d'enfance. Et comme il était arrivé tant de fois déjà, ce terrible vide intérieur de l'angoisse céda brusquement. L'instinct de la vie revint, si puissant, si impérieux, qu'il crut le sentir flamber dans ses veines, que ses lèvres desséchées, tout à coup humides, s'ouvrirent pour en savourer le goût. Aucune comparaison ne saurait donner l'idée de cette euphorie encore si étroitement mêlée à la douleur vaincue que la conscience l'en distinguait à peine, sinon peut-être le soudain afflux de sang dans un membre glacé. Mais comme chaque fois aussi, une crainte, une méfiance obscure, superstitieuse, retenait Mainville d'avouer les brûlantes, les sauvages délices de la sécurité retrouvée. Incapable pourtant de retenir le trop-plein d'une force hélas ! précaire, il s'en délivra par une colère mi-réelle, mi-feinte, mêlée de larmes.

— Je me fous de Philippe, après tout ! Il s'est tué pour me narguer, m'humilier. Oui, si bête que cela paraisse, je vous dis qu'il ne s'est pas tué pour autre chose. Jusqu'à la dernière minute, j'ai vu monter dans ses yeux ce... ce... Oh !

Il mordit férocement son poignet. Ses dents grincèrent sur la chaîne d'or. Simone ne put réprimer un sursaut.

— Et vous n'avez rien fait ? dit-elle. Rien tenté ?

— Rien fait ? Qu'est-ce que j'aurais fait ? Depuis des heures, je me traînais, littéralement, je ne tenais pas debout. Dans ces moments-là je ne pourrais même pas défendre ma propre vie, que m'importe celle des autres ! Et puis... et puis quand un énergumène gesticule en brandissant un pistolet chargé, il est peut-être permis de songer d'abord à sa peau.

— Il fallait crier, appeler, que sais-je !

— Appeler qui ? Vous n'avez pas idée de cet hôtel meublé, de ces types, quelle bande ! Celui qui est venu me chercher à la pension de famille avait tout de l'assassin, *tout*. Je ne me suis senti un peu tranquille que dans le taxi, et encore ! D'ailleurs, j'ai dû courir jusqu'aux Buttes-Chaumont pour en trouver un...

Il marchait maintenant de long en large, tête basse, dos voûté, vieilli brusquement, méconnaissable. Visiblement, il attendait qu'elle répondît, protestât, lui fournît l'occasion, ou du moins le prétexte, de cracher les injures qu'il sentait nouées dans sa gorge, ainsi qu'un paquet de vipères. Mais elle le regardait toujours, en apparence impassible, bien que l'expression à la fois résignée et farouche de son mince visage, comme éclairé du dedans, fût terrible. Et lorsqu'elle reprit la parole, le calme sibyllin de sa voix était sans doute plus terrible encore.

— Olivier, dit-elle, pourquoi cette rage à paraître plus lâche que vous n'êtes ?

— Plus lâche ? Oh ! la la, ne remettez pas la conversation là-dessus, voulez-vous ? Je sors d'en prendre. « Est-ce que je suis un lâche ? » c'est justement la question que me posait Philippe avant de... J'aurais dû lui répondre : « Je n'en sais rien, je l'espère ! » Lâche ! un joli mot croquemitaine à l'usage des imbéciles. Il a effrayé les naïfs aussi longtemps que les gouvernements ont prudemment recruté les héros dans l'histoire, des bonshommes légendaires dont nos maîtres tiraient les ficelles et qui prononçaient des encouragements ou des menaces d'une voix caverneuse, d'une voix d'outre-tombe, qui donnait la colique aux petits enfants. « Je serai un héros ! » disait le gosse, à peu près comme il eût souhaité d'être le géant Adamastor, ou Merlin l'enchanteur. Mais le truc est débiné, ma chère ! Un héros maintenant, nous savons ce que c'est ! C'est un grotesque en zinc, avec un casque de zinc, un fusil en zinc, une capote et une culotte de zinc, des molletières en zinc, et une femme nue, elle-même en zinc, couchée à ses godillots de zinc ou lui posant sur la tête une couronne de zinc. Voilà ce que nous pouvons voir, nous autres, depuis 1920, sur la plus minuscule place du plus pouilleux des villages français. Lâche ? Je vous crois que je suis lâche ! Et si vous n'aimez pas ça, tant pis !

— Non, je n'aime pas ça, dit-elle. Affaire de goût, d'habitude, ou si vous voulez, de préjugés... Je ne suis qu'une femme, après tout.

— Une femme ! C'est encore un de ces mots à majuscule qui depuis des siècles font les cornes aux petits enfants, d'un bout à l'autre du dictionnaire. Au dernier banquet de mon cercle d'escrime, le général de Montanterre a bu « à la Gloire et à la Femme... ». Vieux jeton !

Sa voix criarde sonnait de plus en plus faux dans le silence. Et son agitation presque convulsive déguisait mal son trouble : il n'arrivait pas au bout de sa colère, comme un dyspnéique n'arrive pas au bout de sa respiration.

— Dites donc que vous me méprisez ! balbutia-t-il enfin. N'attendez plus !

— Non, dit-elle. Je vous plains seulement un peu, pas trop. Et d'ailleurs je ne crois pas plus que vous aux majuscules, mon petit.

Elle s'inclina sur sa chaise, prit ses mains dans les siennes, et il ne chercha pas à les retirer. Quelques secondes de silence avaient suffi pour faire tomber sa colère, et il se sentait déjà sans force contre les images encore confuses qui d'un moment à l'autre allaient surgir de nouveau.

— Rendez-moi la bouteille, dit-il. J'ai soif...

Il but de nouveau. Ses dents claquèrent sur le verre, mais son regard reprenait de la force et de l'éclat.

— Je ficherai le camp, dit-il d'une voix sans timbre.

— Et où donc ?

— N'importe. Droit devant moi. Au diable.

— Vous serez bientôt fatigué, fit-elle avec un soupir.

— Peut-être pas. Je filerai seul, oui. Seul et sans un sou. Parfaitement. Allez ! ce n'est pas moi qui aurai jamais peur de *manquer du nécessaire* comme dit ma vieille avare de tante. Mon nécessaire à moi...

— Oui, mon petit. Un louis par mois pour le nécessaire et deux cents pour le superflu, je connais ça.

— Je travaillerai.

— A quoi ?

— A rien, à presque rien. C'est encore une idée bien mil neuf cent ! S'imaginer qu'on gagne de l'argent ! Gagner ! Pourquoi pas mériter ?

— Vraiment ?

— Vraiment. Cette formule : gagner de l'argent, m'horripile. On gagne le grade supérieur, l'estime de son chef de bureau, le paradis, que sais-je ? On ne gagne pas un lièvre ou un perdreau. L'argent aussi, ça se chasse. Tu te promènes avec ton fusil, et tu tires sur ce qui part. Le coup d'œil suffit : un quart de seconde. Possible que jadis... Mais maintenant, l'argent, vois-tu, ça vient, ça va, ça bouge, ça ne se prend pas au bas de laine, comme un lapin à la bourse. Et encore la comparaison du chasseur n'est pas juste, car c'est rarement celui qui le tire qui le ramasse.

— Tu parles bien, fit-elle avec un sourire triste, mais le coup de fusil ne suffit pas toujours, il faut avoir des jambes.

Elle passa doucement la main sur les yeux de son ami, les caressa.

— Ne te fâche pas. Je veux simplement dire que tu n'es pas un homme à courir après l'occasion, tu t'essoufflerais vite. C'est l'occasion qui doit venir à toi, elle vient vers tous ceux de ta race. A quoi bon courir après des oiseaux farouches, les poursuivre de cime en cime au risque de se rompre le cou, alors qu'ils vont se poser d'eux-mêmes sur le poing tendu, en battant des ailes ?

— Des mots, fit-il. Quand je pense que j'ai dû encaisser l'espèce de sermon laïque du vieux Ganse. Sacré bonhomme ! J'ai cru un moment qu'il allait me citer l'Evangile. Il a tout du curé défroqué, même l'odeur.

Il marchait à travers la pièce, insoucieux du veston humide plissé aux hanches, des poches béantes du col effondré.

— Que me proposes-tu ? reprit-il avec amertume. D'attendre ? Attendre quoi ? Tes oiseaux, les fameux oiseaux sur mon poing, je suppose ?

— Tu vas rester là ce soir, dit-elle. Nous ferons monter un gentil petit dîner de chez Fauvert. Et puis, tu me liras tes poèmes, tes beaux poèmes. D'oiseaux plus sauvages, plus farouches, on n'en trouverait pas. Et tu vois, ils sont venus, Dieu sait d'où !

— Qu'ils repartent ! Bon voyage ! Ils m'ont assez donné de mal, tes cygnes !

— C'est bien pour cela que je les aime, répliqua-t-elle de sa voix tranquille. Eux seuls ont réussi à te faire un peu souffrir. Moi, je le voudrais, je n'y réussirais pas. Moi ni personne.

— Changer de peau, soupira-t-il. Voilà le remède. Tiens,

il y a des jours où pour un rien je flanquerais en l'air ma défroque d'enfant riche, la valise de Russel, le nécessaire de Marquet, et j'irais acheter chez Sigrand un complet de velours et une chemise de coton, genre flanelle, avec des pompons rouges. Puis je louerais une chambre à Belleville, une de ces jolies rues de Belleville où les fruiteries embaument, où la seule odeur des boucheries donnerait du sang à n'importe quelle Irlandaise chlorotique, je...

— Tais-toi, dit-elle, ne te risque pas à jouer avec la pauvreté comme avec moi. Tu peux aller loin, mon chéri, très loin même, mais avec le billet de retour dans ta poche. Et le vrai billet de retour, il n'y en a qu'un — c'est un carnet de chèques, un vrai.

— Où le prendrais-je, mon carnet de chèques ?

— Voyons, chéri, un peu de patience. Ta tante a soixante-dix-huit ans et une endocardite par-dessus le marché. Le médecin t'a répété cent fois qu'une grosse émotion la tuerait. Une grosse émotion, tout le monde peut rencontrer ça, même à Souville. Seulement, tu multiplies les imprudences, tu finirais par faire la partie belle à cette espèce de religieuse — une finaude entre parenthèses, mon pauvre amour. Avoue que tu as choisi là une drôle d'intermédiaire !

— Et après ? Il ne sort pas dix francs de la maison grise sans qu'elle ajuste ses lunettes sur son nez, inscrive la somme au livre des comptes, le fameux livre avec des coins de cuivre. Sans elle, ma chère, je devrais me contenter de ma pension, mille francs par mois. Et jadis ! Tiens, à dix-sept ans, sais-tu ce que je touchais ? Un louis pour mes menus plaisirs, un louis !

— Par jour ?

— Par semaine !

— N'importe ! Ecoute, Olivier, une vieille femme intelligente, et qui fait ses délices d'Anatole France et de M. Gide, voyons, ça ne devrait pas être difficile à séduire ?

— Eh bien quoi ! Séduite, elle l'est. Je veux dire qu'elle me gobe à sa manière — oh ! pas un amour à lui tourner la tête, sûr ! sûr !... Sa drôle de petite tête n'a jamais tourné pour personne. Mais, enfin, elle a une manière de faiblesse pour moi — quitte à me déshériter en un tour de main, comme elle laisse tomber son monocle — crac !

— Son monocle ? Tu ne m'avais jamais parlé de ce monocle.

— Elle le porte rarement. Une mode d'autrefois, du temps de sa jeunesse — elle était l'amie de la princesse de Sagan, de la marquise de Belbœuf, d'un tas de femmes à la page.

— Ah !

Les paupières de Simone venaient de s'abaisser brusquement, et elle ne réprima pas une espèce de sourire qui flotta sur son visage sans réussir à s'y fixer.

— Je me demande pourquoi tu n'as pas profité des dernières vacances pour...

— Pour te présenter, t'introduire. Mais c'était encore trop difficile, je te l'ai dit cent fois. Dix minutes, entends-tu, dix minutes, dix pauvres minutes, tu ne les passerais pas face à face avec Mme Louise sans...

— Que sais-tu ? fit-elle. Naturellement, il aurait fallu prendre les choses d'assez loin. Tu m'as fait attendre six mois ta lettre, ta fameuse lettre — et encore tu as trouvé le moyen de te la laisser chiper par Ganse.

— Je fais ce que je veux, dit-il.

En dépit de ses efforts comiques pour prononcer distinctement chaque mot, détachant chaque syllabe, il semblait serrer dans sa bouche brûlée d'alcool une bouillie de mots. Mais la contagion extraordinaire de sa maîtresse faisait flamber son cerveau d'une espèce de lucidité féroce.

— Qu'est-ce qui t'empêche d'aller y voir toi-même ? Tu connais le chemin ?

— Ça me regarde, répliqua-t-elle un peu au hasard, car la brusquerie de l'attaque l'avait prise au dépourvu.

— Ça me regarde aussi, grogna-t-il. Evidemment, la route est à tout le monde, mais ces sortes de pèlerinages, ma chère, ça se fait à deux, ou pas du tout. Des souvenirs d'enfance, reprit-il avec emphase, et visiblement satisfait de la phrase, c'est sa... sacré. Tu as ouvert la serrure avec une fausse clef, voilà tout !

Il réfléchit quelques secondes, avec une gravité d'ivrogne.

— Je me demande d'ailleurs ce que tu peux aimer en moi ? Que suis-je pour toi ? Est-ce que tu me crois capable du grand amour, du grand, avec majuscule ? Non ? Alors ? Oh ! je me connais bien, je ne me fais aucune illusion sur mon compte. Tout au plus bon à être le larbin d'une pie millionnaire, et encore ! Car je ne serais pas fichu de jouer au naturel le rôle de gigolo. N'importe quel rôle, d'ailleurs ! Je manque très naturellement de volonté. Et tu ne me feras pas croire qu'une femme supérieure, comme toi, qui depuis dix ans aurait pu choisir n'importe qui — les occasions n'ont pas manqué, je suppose ! — m'attendrait dix ans, moi !... Quelle blague !

— Tais-toi, dit-elle, et son regard s'anima d'un seul coup. Je ne te demande pas de comprendre. Donne la bouteille de whisky (elle la lui prit brutalement des mains). C'est vrai que je me suis crue, voilà dix ans, une femme supérieure. Je ferai face, disais-je. Face à quoi ? Surmonter la vie ! Pourtant, ils l'ont bien aplanie. Rasée comme un terrain de manœuvre, la vie ! Rasée comme une cour de caserne. Rasée comme un ponton. Tout de même, j'ai tenu dix ans. Que me parles-tu de mépris ? Le mépris n'a pas plus de sens pour moi que pour toi, et moins encore, car mon expérience est plus profonde. S'il a jamais existé un être au monde que j'ai cru mépriser, c'est Alfieri. Je me suis confinée dans le mépris, voilà ce qu'il faut dire. Je me suis appliquée à le mépriser comme une dévote le péché, oui, j'ai mis dix ans à comprendre que ce que j'aimais en lui, c'était justement ce que je prétendais réprouver, comme s'il l'avait caché. Mais il ne m'avait rien caché. Personne n'a su mieux mentir que lui, certes, seulement ses mensonges ne me trompaient pas, et il le savait. Le poison pour moi était sans vertu, je le buvais comme de l'eau. Et toi...

— J'ai compris, dit Mainville, avec un ricanement démoniaque. Si tu m'avais connu...

— Ecoute, dit-elle, nous sommes des malheureux, toi et moi. Nous sommes hors de ce monde. Je ne te demande pas de m'aimer. Mais ce qui me lie à toi est encore bien plus fort que l'amour. (Elle prit une cigarette dans son étui, l'alluma, et chacun de ses gestes trahissait un immense effort pour rester calme.) Avant de te connaître, je ne me sentais plus vivre. Ne plus se sentir vivre, c'est la seule chose qui m'accable ! Et c'est sans remède, car je ne suis pas de celles qui se tuent ! Oh ! je n'empêcherai pas les sots de dire que je t'aime d'amour, au sens qu'ils attachent à ce mot. Eh bien !

sache-le : je n'ai jamais aimé personne d'amour. Ni mon cœur ni mes sens, nulle force au monde ne m'arrachera à moi-même, ne me fera la chose d'un autre, heureuse et comblée. Que de femmes me ressemblent, qui n'auront jamais cédé à personne ! Et certes, je ne demanderai pas ce secret à un homme, un de ces hommes dont tu parlais tout à l'heure, un de ces hommes puissants qui me font tout ensemble horreur et pitié. Oh ! ma solitude ne me fait pas peur, elle me fait honte. Elle me fait honte parce que je ne l'ai pas voulue, j'ai trop souvent l'impression de la subir. Subir ! Je déteste ce mot. Me prouver, me prouver une fois encore, une fois pour toutes, que le cœur peut se taire, les sens défaillir, que je puis accomplir dans le silence même de l'âme, par ma volonté seule, ce que d'autres, qu'on appelle des femmes perdues, qui n'étaient que des créatures amoureuses, ont accompli dans l'exaltation et la folie ! Pourquoi ris-tu ?

Olivier, d'ailleurs, ne riait pas. Comme chaque fois qu'un secret instinct le mettait en défiance, son joli visage avait pris cette expression féline qu'accentuait encore la mobilité extrême de ses traits. Il avait l'air d'un chat guettant au bord d'une rivière un poisson encore invisible dans le milieu de l'eau, et qui craint de se mouiller les pattes.

— Je ne ris pas, dit-il. En somme, tu veux aimer comme Philippe s'est tué, de la même manière et pour la même raison. Quels drôles d'êtres vous faites !

— Possible, fit-elle, rêveuse.

— Au fond, c'est ce que vous auriez jadis appelé des péchés de l'esprit. Pas de rémission pour ces péchés-là, ma chère. Des péchés clairs, des péchés d'ange... Je ne suis rien dans ta vie qu'une occasion, qu'un prétexte.

— Pire encore, dit-elle. Hélas ! ces péchés-là prennent tout.

— Littérature, fit-il en riant cette fois d'un rire amer. Nous ne sortons jamais de la littérature.

Les joues de Mme Alfieri se creusèrent, au point que les deux taches d'ombre, bouleversant l'équilibre et les masses du visage, en firent une espèce de masque funèbre.

— Assez ! dit-elle (ses mains tremblaient). J'ai été jadis ce que tu es aujourd'hui. Oui, mon ami, tu n'as pas idée de la petite fille que j'étais, et tu n'en auras jamais idée parce que je te ressemblais trop, j'étais ta propre image. Sans doute m'aurais-tu détestée. Et moi-même, je ne t'aurais jamais aimé. Que me fallait-il pour cela, simplement ? L'argent. Laisse les niais médire de l'argent. L'argent ne rend que ce qu'on lui donne, médiocre avec les médiocres. Dieu veuille qu'il ne soit pas trop tard pour toi !

Elle buvait à petits coups rapides, comme si elle eût voulu se hâter de noyer dans l'ivresse, avant qu'il fût trop tard, un secret gardé et qu'elle ne retenait plus que par un effrayant effort.

— Les seules années de ma vie..., reprit-elle d'une voix rauque. Tu n'imagines pas, cette fuite à travers le monde, ces matins et ces soirs, ces soleils, ces palais qui tremblent dans l'eau bleue, et ces odeurs... Oh ! je sais bien. Les nigauds prétendent rêver de grands voyages solitaires. Ils ne comprennent rien à cette découverte flamboyante, projetée d'océan en océan. Des imbéciles fastueux, soit ! Mais ces mêmes fous, ces mêmes folles, que tu trouves si bêtes, au Ritz...

Elle se remit à boire, comme décidément impuissante à partager avec qui que ce fût le souvenir de ces heures triomphales, vaguement consciente que le secret en était perdu, ou ne remuait plus rien en elle que les cendres de ce qui avait été l'engouement de la petite provinciale normalienne, faite brusquement comtesse et entraînée à la suite d'un aventurier dans le vertige de la vanité comblée, des hauts et enflammés délires d'orgueil qui avaient dévoré sa vie. Un mot de plus, et elle se fût trahie tout à fait, en face du complice levé devant elle et que l'ivresse semblait immobiliser peu à peu, pétrifier dans une confusion presque stupide d'orgueil et d'aveugle colère. Et soudain elle vit luire dans l'ombre ses dents découvertes jusqu'aux gencives.

— J'en ai assez, bégaya-t-il, assez de tout, assez de toi. Je me tuerai.

— Pourquoi ? dit-elle, en faisant pour sourire un effort immense. Pour quelle raison, mon amour ?

— Pour rien.

Les larmes ruisselèrent aussitôt sur ses joues et l'affreuse détresse de ses yeux, de sa bouche, de son front même couvert de rides tout à coup, était de celles qui déconcertent la pitié, provoquent une crainte obscure, un obscur dégoût.

— Je vais te dire une chose idiote que tu ne comprendras pas. Je ne m'aime plus. Je ne peux pas vivre sans m'aimer. Depuis que je ne m'aime plus... C'est votre faute. Je vous déteste, je vous hais.

— Tu te vantes, fit-elle avec une simplicité tragique. Essaie quand même. Hais-moi. La haine ne vaut pas grand-chose, mais enfin elle vaut mieux que rien. Dieu veuille qu'elle t'aide à vivre ! Pourquoi te laisses-tu ainsi délier, mon amour ? Quel jeu atroce !

— Il n'y a pas de jeu, dit-il. Je suis né comme ça, en petits morceaux, en poussière. Pour me voir, il faudrait avoir un œil à facettes, comme les mouches. Et toute ma génération me ressemble.

— Ta génération ? Tu as d'ordinaire horreur de ce mot-là.

— J'en ai horreur parce que...

Les beaux yeux sournois paraissaient encore plus longs que de coutume, et les deux taches d'ombre des tempes étaient du même gris bleuté, à peine assombri.

— A nous tous, c'est vrai que nous ne faisons pas ce qu'ils appelaient jadis une génération — quelle cohue ! — Ah ! si j'avais le courage de me tuer !

Elle évitait de le regarder, feignait de ne pas l'entendre. A ces moments de crise, elle savait qu'un mot de compassion eût suffi à mettre hors de lui le faible enfant, à délivrer d'un coup les images à la fois puériles et féroces contre lesquelles il ne pouvait rien — ses démons. Elle dit seulement à voix basse, sans tourner la tête, le front appuyé contre la vitre :

— Je te sauverai. Laisse-moi le temps.

Mais la gracieuse tête se balançait maintenant d'une épaule à l'autre, lentement, lourdement, d'un geste grossier, si peuple, celui du docker qui essaie de délasser son dos perclus. D'un pincement de lèvres, il repoussa la cigarette, la laissa tomber à ses pieds, sur le marbre du foyer.

— Zut pour la comédie ! fit-il. Ah ! J'aurais voulu que tu nous entendes tous les deux, Philippe et moi — deux cabotins, voilà ce que nous étions. Avec nos airs d'être revenus de tout, nous n'étions pas encore partis. Nous ne sommes jamais allés nulle part. Encore lui, Philippe, il avait sa cellule communiste, quelque part, là-bas à Vincennes, il jouait les révolutionnaires à chaînette d'or et à pochette de soie. Mince de révolution ! Quand il s'était frotté tout un soir aux pantalons de treillis et aux jerseys de laine, il n'en pouvait plus, il filait au hammam pour prendre un bain russe. Et moi...

— Tais-toi. Pourquoi t'humilier ?

— Parce que c'est une autre manière de me tuer. Ça fait moins de mal, mais ce n'est malheureusement pas définitif.

— Alors pleure, dit-elle. Pleure comme chaque fois. C'est tellement plus simple.

— Je ne peux pas... Donne-moi de la...

— Non !

— Une pincée seulement. Rien qu'une pincée ?

— Pas un milligramme ! Laisse-moi prendre ton poignet... là... tu vois : des intermittences. Un de ces jours, ton cœur te lâchera...

Elle savait le pouvoir de cette menace, dont elle n'osait d'ailleurs user que rarement, mais celle-ci vint trop tard. L'épouvante de la mort ne fit que passer dans les yeux gris, ainsi qu'une ombre, et les prunelles se foncèrent dangereusement.

— Raison de plus. Je suis aux trois quarts crevé. Une mère morte à trente-cinq ans, un père gazé — tu te rends compte ? Ils nous ont donné la lampe, mais ils n'ont même pas pris la peine de mettre de l'huile dedans, les...

— Olivier !

Elle ne pouvait plus ruser avec cette détresse. Des deux bras, elle serrait le buste si frêle sous la légère veste de tweed.

— Je ne te perdrai pas, dit-elle de sa voix la plus dure. Je te sauverai. Après, que m'importe ! Je veux te sauver, non te garder. Tout ce que j'ai voulu, je l'ai obtenu. Je n'ai vraiment voulu que peu de choses. Dieu ! Si tu n'étais pas entré dans ma vie, je l'eusse donnée pour rien — le rêve m'aurait suffi — tous les rêves ! Quoi ! Devrait-on garder pour soi, pour soi seul, ce monde intérieur si riche ! Ne te partageras-tu pas avec moi ? Et parce qu'une vieille avare, au fond d'une vieille maison sordide...

— Des rêves, dit-il. A quoi bon les rêves ? Vous nous avez empoisonnés avec vos rêves. Est-ce que vous ne pouviez pas nous laisser tranquillement jouir de nos corps, sans scrupule, sans remords ? Nous ne demandions que ça, nous autres ! Quoi ! Le premier regard conscient que nous avons levé sur le monde nous a découvert vos charniers, les sales charniers que leur guerre venait de remplir, et ils auraient voulu que nous pensions à autre chose qu'à user de notre jeunesse ! Au collège, ils nous lisaient des souvenirs de poilus — pouah ! — des histoires de mitrailleuses qui fauchent, de mines qui font éclater cinq cents hommes d'un seul coup, avec des paquets d'entrailles pendus aux arbres. Quelle dégoûtation ! Lorsque nous y pensions la nuit, avec quelle sollicitude, quelle tendresse nous caressions de la main ces chers corps menacés, si frais, si lisses ! Nous nous disions : après ça, le monde va tâcher d'oublier, le monde va jouir. Et dame, dans un monde résolu à oublier, à jouir, nous serions rois. Notre jeunesse nous faisait rois. Ah ! bien oui — des blagues ! Elle est jolie, votre jouissance ! De loin, ça peut encore faire de l'effet, mais de près ! C'est horrible, ce que tous ces gens se travaillent pour désobéir aux commandements de Dieu. D'un Dieu auquel ils ne croient plus. Car ils ont beau s'efforcer d'être canailles avec naturel, se bourrer de drogues, de pharmacies, on croirait que le vice exaspère au lieu de l'apaiser ce vieux sang chrétien qui les démange. Les plus cyniques ont l'air de mauvais prêtres. Oh ! ils peuvent bien plastronner entre eux : il semble que le plaisir ne leur tienne pas aux entrailles, ils le suent aussitôt par tous les pores, comme des carpes auxquelles on fait avaler du vinaigre. Et toi ! Toi-même !...

Une seconde, il essaya de fixer le regard de sa maîtresse, vainement.

— Vous nous haïssez tous, cria-t-il d'une voix étranglée, puérile. Aimer, dans votre langue, ça veut dire « aide-moi à souffrir, souffre pour moi, souffrons ensemble ». Vous haïssez votre plaisir. Oui, vous haïssez votre corps d'une haine sournoise, amère. Vous le haïssez dès l'enfance — une haine d'enfant a seule ce caractère de férocité trouble, ingénue, ce rictus cruel. Votre corps, c'est la petite grenouille qu'un gosse pique avec des épingles, le hanneton prisonnier, le chat errant. C'est même pis. Car enfin, le sort commun de la grenouille, du hanneton, du chat errant, du crapaud, c'est peut-être précisément d'être torturés — ils sont en pleine extravagance, au lieu que le plaisir est la fin naturelle du corps, et notre fanatisme fait de ce plaisir une espèce de torture. « Tu veux de la jouissance, en voilà, sale bête. Jouis ou crève. » Allez ! Allez ! le christianisme est bien dans vos moelles, et votre fameuse démoralisation d'après guerre, savez-vous ce qu'elle a fait ? Elle a restauré la notion de péché. La notion de péché sans la grâce, imbéciles ! Vous mépri-sez votre corps parce qu'il est l'instrument du péché. Vous le redoutez et le désirez à la fois comme une chose étran-gère, dont vous enviez sournoisement la possession. Car vous ne possédez pas votre corps, ou vous ne croyez le posséder qu'à de rares minutes, lorsque, ayant épuisé tou-tes les ressources de votre horrible lucidité, vous semblez gésir côte à côte, ainsi que deux bêtes farouches. Si le diable existait, je me demande ce qu'il aurait pu inventer de mieux — quelle plus infernale ironie ! Et maintenant me voilà emprisonné à mon tour. Idiot de Ganse ! « L'homme supérieur est un être sacrificiel. » Tu parles ! « Vous ne savez pas ce que c'est que l'ennui, vous vous êtes reniés sans douleur » — des nèfles ! Mon cynisme ! Il est propre, mon cynisme. Oh ! ça n'a pas duré long-temps... Nous aurons bourdonné au soleil cinq minutes, et nous sommes tombés dans votre morale comme une mouche dans une jatte de crème. Tu auras beau dire que tu en sors quand il te plaît. Moi, je n'ai pas la vocation du réfractaire. Et quant à me racheter de la servitude sociale, comme jadis du service militaire, tu l'avoues toi-même, ça coûterait gros, et je n'ai pas le sou. Je sais bien qu'à la rigueur, je serais peut-être capable de me libérer d'un seul coup, par le suicide ou par un crime. Oui, par un crime. Et tiens, parole d'honneur, je crois que j'aurais eu presque le courage d'assommer cette vieille canaille de Ganse.

— A quoi bon, fou que tu es !

— Justement : à quoi bon ? D'autant qu'il m'aurait pro-bablement d'abord cassé les reins. Car nous avons raté ça comme le reste. A Saint-Tropez ou à Juan-les-Pins, nous avons l'air d'athlètes, nous connaissons chacun de nos muscles par son petit nom ; et j'avais l'impression tout à l'heure que ce gros bonhomme allait d'un coup de reins me faire sauter par-dessus l'appui de la fenêtre.

Elle lui tourna le dos, gagnant l'extrémité de la pièce à pas lents, peu sûrs. Un de ses bras ouverts semblait curieu-sement dessiner dans le vide un être imaginaire — ou peut-être une pensée encore confuse, qu'elle hésitait à exprimer — quelque image secrète que sa prudence ne retenait plus au-dedans d'elle-même.

— Chéri, dit-elle, allons-nous-en.

— Où ?

— Très loin... Mais rassure-toi, nous ne partirons pas ensemble, je ne t'enlèverai pas. J'ai donné ma démission à Ganse, vendu mes bijoux, raclé mes tiroirs. J'ai mon compte, mon chéri, pour la première fois de ma vie... Bref, j'ai ce qu'il me faut, je puis aller t'attendre... Tu risques d'attendre longtemps...

Il avait ce sourire sournois qu'elle adorait et détestait tour à tour, son sourire des choses d'argent, disait-elle. Et aussitôt la colère le prit de nouveau, une colère mêlée d'impatience. A travers les vapeurs de l'alcool, il revoyait le paysage de routes et d'arbres, d'ombres glissantes, de soleil. Et bien que les paroles de Simone vinssent jusqu'à ses oreilles et évoquassent un autre départ, une autre fuite, l'obsession était la plus forte de cette seule issue possible, immédiate. Derrière lui, Philippe, avec sa pauvre tête encore tout entière, vivante, son regard, son pauvre appel — et devant lui le salut, l'oubli, au bout de cette longue route ! Ah ! fuir ! entendre grincer ses semelles sur ce sol ferme, luisant et doucement bombé, comme le sentier d'une liberté colossale ! Le frémissement de la marche, d'une marche sans but et sans fin, sans limite, était dans ses reins, dans ses jambes — et il se balançait imperceptiblement, d'une hanche à l'autre, avec un regard traqué...

— On ne me fait pas le coup du départ, dit-il grossièrement. Je partirai pour de bon, moi, et ça ne tardera pas. Et je me demande pourquoi j'ai attendu si longtemps, c'est trop bête. Qu'est-ce qui me retient ? Qu'est-ce qui empêche tant de malheureux comme moi de prendre leurs cliques et leurs claques, et d'aller droit devant eux, de ville en ville, sans s'arrêter jamais, une, deux, une, deux... des vagabonds, des chemineaux. Lorsque j'étais petit, je me réveillais la nuit avec cette fringale de départ, de grand air, mais c'était surtout des arrivées dans les villes inconnues. Tiens, une ville qu'on traverse la nuit, et tout à coup tu dépasses la dernière maison, tu retombes dans le silence, comme dans le vide. C'est comme une chute, un homme qui cesserait de tenir à la terre, glisserait dans le ciel, en fermant les yeux, les bras en croix. A quinze ans, j'ai fichu le camp, un soir, jusqu'à Tours, et je me suis réveillé le long d'un bois, en plein midi. Réveillé, ce qui s'appelle réveillé. Le soleil juste au-dessus de ma tête. Dieu ! j'ai cru que j'allais me dissoudre dans la lumière. Et quelle fatigue ! La fatigue d'un dieu qui vient de créer un monde ! J'ai raconté ça un jour à Lipotte. Il m'a dit : « Méfiez-vous, ce sont des bêtises qu'on ne fait plus à votre âge, ou alors... » Je m'en fous !

— Je sais », dit-elle gravement, mais l'ivresse commençante, dont son visage ne laissait d'ailleurs rien voir, avait accru sa méfiance et des paroles échappées à Mainville elle ne retint que le pressentiment d'un malheur qu'elle ne réussissait pas à distinguer tout à fait de sa propre obsession.

Son regard trahit l'effort qu'elle fit une fois de plus pour se taire, mais elle ne put retenir un cri d'angoisse, un cri étrange, dont il ne devait comprendre le sens que plus tard.

— Je t'attendrai, dit-elle. Quoi ! ne serais-tu pas riche un jour, bientôt peut-être ? J'ai lu dans la main que tu serais bientôt riche, souviens-toi. Entre la richesse et toi, qu'y a-t-il ? Rien. Ou presque rien. Une vieille femme déjà morte, un petit cadavre, aussi léger qu'une poupée de chiffon... Et je ne te dis pas où je t'attendrai. Le jour venu, j'ai prévu ce qu'il faut, tu trouveras une lettre, oh ! un mot, un simple mot, venant d'un peu loin, pas trop — tiens, Le Caire, par exemple, ou Port-Saïd. Port-Saïd... tu n'as pas l'idée de ce que c'est... Je te dirai : « Te voilà libre. Viens ! » Et tu viendras !

— Ça par exemple !

— Tu viendras, mon ami. Je sais que tu viendras, ne serait-ce que par curiosité, pour savoir. Tu viendras, parce que nul être au monde ne t'attendra jamais. Parce que tu seras seul. Parce que ce sera une expérience à tenter, rien de plus, et que tu diras un soir comme celui-ci, où tu n'en pourras plus : « Tant pis, on peut toujours essayer. » Tu essaieras. Ris tant que tu voudras, voilà des mois que je t'observe, et pourtant je t'avais reconnu du premier coup. Et si tu ne viens pas, j'aurai du moins joué ma chance d'une manière digne de moi. Et si tu tardes trop... le moment venu...

Elle essaya de prendre une cigarette, mais ses doigts tremblaient si fort qu'elle les éparpilla toutes sur le tapis, où elle ne les ramassa même pas. Elle restait immobile, l'étui vide dans la main.

— Je t'aurai perdu, soit ! Mais pourtant, morte ou vivante, chaque instant de ta vie m'appartiendra, car...

Elle se mit à rire, d'un rire étouffé qui semblait sortir du fond de sa poitrine, et qu'elle ne pouvait retenir, bien que l'ivresse continuât de donner à tous ses traits la même gravité sinistre.

— D'ici là, fit-il... Oh ! oui, tu comptes sur l'endocardite de la vieille dame, tu me vois riche comme un dieu. Chimère ! Veux-tu que je te dise : avant quinze jours, il me sera passé sous le nez, l'héritage... Oui, ma chère ! Pas le sou, et la malédiction de la vieille dame par-dessus le marché !

Elle ne tenta même pas de le retenir, et la dernière vision qu'il emporta fut celle d'un visage reflété par la vitre ténébreuse où frappait la pluie.

IX

Il se retrouva sur le trottoir, dans la brume délicate d'un soir d'hiver. La fureur qu'il avait eu tant de peine à contenir venait de se dissiper brusquement, comme une fumée. Quel silence au creux de sa poitrine ! La rue elle-même semblait vide. En dépit du ronflement des moteurs, de l'éclair des carrosseries, la chaussée noire entre les devantures éblouissantes était devant ses yeux ainsi qu'un paysage de feuillage et d'eau courante, l'attirait comme un fleuve. Où courait-elle ainsi, la longue route luisante, vers quel horizon fabuleux ? Il la prolongeait par la pensée bien au-delà, plus loin, beaucoup plus loin, jusqu'à ces minces routes blondes, de colline en colline, toutes frémissantes sous la lune douce. Il voyait cette blancheur monter vers le ciel, s'y perdre, redescendre, dix fois roulée et déroulée pour s'évanouir encore et tout à coup s'échapper, courir au-devant de l'aube. Il respirait à pleins poumons l'air humide, il écoutait sonner son pas — une ! deux ! — l'ancienne vie était derrière, bien loin derrière, effacée à mesure, clopin-clopant, d'un pas boiteux. Tout à l'heure elle ne serait plus. A quoi bon ces colères puériles, les mensonges, les ruses ? Il n'est que de fuir, mettre l'espace entre elle et nous, tourner le dos. La bienheureuse fatigue, le divin néant monte de genoux lourds, au ventre, à la poitrine, à la gorge, efface lentement la pensée — une ! deux ! une ! deux ! — d'un pas égal, jusqu'à ce que le sol semble mollir peu à peu sous les semelles, ondule, comme par grandes vagues, lentes et longues, qui suppriment la notion de pesanteur, jettent le marcheur en avant, ainsi qu'une bouée.

L'hallucination fut si forte qu'elle réussit à abolir un moment jusqu'au bizarre état de demi-conscience grâce auquel il avait jusqu'alors évité tous les obstacles avec une précision machinale. L'énorme bâillement d'un autobus stoppé brusquement à deux pas de lui, ébranla trop douloureusement ses nerfs. Il gagna le trottoir au milieu des huées des chauffeurs, en chancelant. Son impression était maintenant celle d'une chute verticale, miraculeusement interrompue. Reprendrait-elle ? La longue rue droite, dont il ne savait d'ailleurs pas le nom, l'appelait encore, de toute sa profondeur vertigineuse. Il fut obligé de fermer les yeux un moment, la main appuyée contre le mur. « Tu dégueules ? » lui cria en passant un marmot à face blême, minuscule, pareil à un jouet de cauchemar. Alors seulement il s'aperçut qu'il était sans manteau, ridicule dans son costume clair trempé de pluie.

« Je suis trop bête, se répétait-il rageusement, un quart d'heure plus tard, au fond d'une petite salle de café. Si Philippe était mort à Romorantin, je suppose, la nouvelle ne m'en eût pas du tout bouleversé. Au fond, nous n'avions rien de commun, et je le connaissais depuis peu. Certes, il s'est tué devant moi, sous mes yeux. Qu'est-ce qui m'empêche maintenant d'oublier ce détail, une fois pour toutes ? D'ailleurs, j'ai rompu avec Ganse, je ne remettrai plus les pieds rue de Verneuil, pourquoi ne pas passer outre à tout ça comme à un mauvais rêve ? »

Ce mauvais rêve, imprudemment évoqué, remonta soudain des profondeurs de sa mémoire, et la vision fut si nette, ou plutôt si inflexible, d'une invraisemblance si horrible, qu'il secoua convulsivement la tête en fermant les yeux, comme s'il eût voulu échapper à un essaim de guêpes bourdonnant autour de son visage. Il ressemblait à une épave, les mains crispées à la table de marbre ainsi qu'au bastingage d'un navire secoué par la houle. Chacun de ses muscles esquissa les gestes de la fuite. Puis l'hallucination s'effaça peu à peu, les images distinctes reculèrent de nouveau au fond du champ de la conscience, et le petit café, la salle basse, la porte en verre dépoli reprirent leur place, remirent entre lui et les fantômes leur fragile rempart.

« Pourquoi d'ailleurs ai-je fait cette scène à Simone ? Que m'a-t-elle dit au juste ? L'idée de ficher le camp n'importe où n'est pas si bête. Au lieu d'attendre tranquillement que la sacrée vieille dame me déshérite, je ferais mieux de chercher avec elle une combine. Perdu pour perdu, j'aurais peut-être pu m'entendre avec elle, signer de nouveaux billets. Qu'ai-je à craindre ? Jamais la vieille dame ne laissera la justice mettre le nez dans ses affaires. Avec cent mille francs, on va loin. »

Comme d'habitude, il ne pouvait s'expliquer par quelle fatalité ridicule chaque entrevue avec Mme Alfieri prenait ce caractère de dispute âpre, s'achevait en railleries ou en injures. Car dès qu'il avait franchi le seuil de son minuscule appartement, cet édifice de contradictions tombait de lui-même, et il ne se souvenait même plus des causes toujours futiles qui avaient enflammé sa colère. L'aimait-il ? Certes, il ne la désirait point, au sens qu'on donne généralement à ce mot, mais pourtant ce mot n'avait pour lui qu'une signification trouble. Celui de possession, qui flattait sa vanité, ne lui paraissait pas plus clair, n'émouvait pas sa virilité, d'ailleurs pauvre, vite endormie sous les caresses. Sans qu'il se l'avouât, de la volupté il ne connaissait guère que l'approche sournoise, et ses nerfs débiles se dérobaient au dernier moment, subissaient le spasme, plutôt que de l'éprouver, ainsi qu'une blessure de tout l'être, un déchirement presque intolérable, qui loin de faire chavirer sa pensée, montait des entrailles au cerveau, où il semblait refluer, dans une espèce de délire lucide, une gerbe d'éblouissante lumière glacée. Non, il ne l'aimait pas, et il n'aimerait probablement jamais, car personne ne lui ferait oublier les premières répugnances physiques de l'enfance, qui eussent suffi à faire de lui un être si profondément féminin. Il lui semblait ressentir la grossièreté de l'étreinte, alors qu'il répugnait surtout à la violence, dont il ne retenait que l'humiliant oubli de soi, car l'égoïsme est sans doute un péché de la chair et un secret triomphe du monde charnel. Mais la patience et la sagacité de Simone ont eu raison de ses dégoûts. Elle l'a maintenu dans cette atmosphère qu'il aime par-dessus tout, qui convient seule à sa nature, et qui est presque celle d'une amitié équivoque, avec on ne sait quelle douceur, quelle discrète protection maternelle. De mois en mois, de jour en jour, la volonté défaillante s'y est sentie comme dissoute, et l'heure est proche où, en dépit de ses colères impuissantes, l'habitude aura tissé sur lui sa toile. Il l'aime de la meilleure manière dont il est capable, et il l'aimera longtemps, toujours peut-être, car quelle autre que celle-ci saurait reprendre ce délicat et interminable travail de fileuse ?

« Je t'attendrai », a-t-elle dit. Bien sûr, elle l'attendra. Sa volonté abdique déjà par avance, et chaque minute lui souffle que son amie songe à quelque plan dont la réussite est sûre. Il quitte la banquette, s'approche du poêle, tendant vers la grille flamboyante son pantalon fumant.

Par-dessus la cloison vitrée, un voyou accoudé au comptoir l'observait curieusement, d'un regard tout luisant d'une naïveté poignante, insondable, d'une espèce d'innocence horrible.

— Viens ici, cria Mainville, comme malgré lui. Viens boire un verre.

Un nouveau pressentiment, aussi absurde que l'autre, venait de le saisir à la gorge — la certitude d'on ne sait quelle rencontre future, immanquable, d'une ténébreuse complicité... Heureusement, l'inconnu, sans doute instruit par une longue expérience du risque de certaines sympathies fortuites, se glissa vers la porte et disparut.

La nuit s'était achevée dans un cauchemar, sous la pluie immense, infinie. Par quels quartiers mystérieux ? Par quels faubourgs ? Il n'avait suivi aucune route, évitant seulement d'instinct les rues tournantes, les carrefours, tenté par ces grandes lignes droites qui semblent ne devoir s'arrêter jamais. Lorsqu'un pas sonnait derrière lui, il n'eût pour rien au monde tourné la tête ou hâté le sien, attendant le cœur serré que le compagnon se lassât. Et lorsque le silence s'était fait de nouveau, une espèce de joie profonde, de sécurité, de paix surhumaine lui donnait pour un instant la certitude qu'il avait dépassé la limite de ses forces — du moins de ces forces grossières, communes à tous et si vite exténuées — que son épuisement délicieux n'aurait plus de fin. Parfois, le souvenir de récits lus jadis, de voyageurs égarés qui tournent en rond réveillait sa méfiance et il s'étonnait de voir encore, à sa droite et à sa gauche, de monotones cubes de pierre ruisselants d'eau, ces trottoirs, ces chaussées désertes où danse parfois une lueur venue on ne sait d'où. Il se souvint d'avoir débouché inopinément sur une route, une vraie route, bordée d'arbres nains, malingres, malsains, d'où coulait goutte à goutte une eau noire. Puis, il s'enfonça de nouveau dans un chaos d'asphalte et de ciment, revit d'étranges taxis sortis à l'improviste des profondes ténèbres et dont il suivait longtemps des yeux, à travers le reflet des flaques, les pneus blêmes. L'étrangeté — ou pour mieux dire la démence — de sa course errante, sans but, ne lui apparaissait pas encore, ou du moins il refusait obstinément d'y fixer sa pensée. Plus tard ! Plus tard ! Et d'abord il fallait que cette nuit cessât, supposé qu'elle dût jamais finir. Pour l'instant, il ne devait que marcher, poser régulièrement, l'un après l'autre, sur le sol, ses pieds dont il ne sentait plus le poids. Ses jambes étaient glacées jusqu'aux genoux — exactement comme après une prise trop forte de cocaïne — et il lui semblait aussi que ce froid montait insidieusement, tandis qu'il écoutait siffler la boue dans ses semelles trempées, molles... Lorsque ce froid atteindrait la poitrine, il pourrait s'arrêter, réfléchir... Jusque-là...

Par exemple, l'image de Mme Alfieri continuait de flotter dans son cerveau vide, se confondait avec le souvenir et le désir du poison délectable dont elle lui avait enseigné l'usage. Autour de ce point fixe, ses pensées réussissaient à se former, bien qu'encore vagues, inconsistantes — telle une vapeur d'eau qui se condense, une fumée. Sacrée lettre ! Comment avait-il été si sot ! Ou par quel sortilège était-elle venue se placer sur la pile de feuilles dactylographiées à la place même du vieux Ganse ? Hélas ! il l'avait achevée dans l'euphorie d'une dernière prise, et à de tels moments la moindre prévision de l'avenir est un effort trop douloureux, intolérable. Peut-être même l'avait-il vu ? Peut-être le goût du risque obscur, une secrète rancune contre soi-même, le désir de se prendre en faute, de se tendre un piège ? Mais cela n'expliquait point que l'entretien avec Ganse eût tourné court, l'eût à ce point bouleversé. Cela ne justifiait pas non plus le brusque emportement de sa haine en face de Mme Alfieri, moins encore cette fuite absurde dans les ténèbres. Il fallait sans doute remonter plus haut, beaucoup plus haut, à certaines tentations de l'enfance dont le hasard seul lui avait permis de triompher — mais dont la blessure était encore là, quelque part, dans un repli du cerveau. Deux fois il s'était échappé du collège et le souvenir lui revenait encore quelquefois, comme par bouffées, de la grande route pleine de soleil qu'il avait suivie des lieues et des lieues. On l'avait ramassé au pied d'une meule, épuisé, vaincu par le sommeil, un sommeil noir, sans rêves, qui avait duré un jour et une nuit — à ce qu'avait supposé du moins le médecin de Grenoble. Car sa course hallucinante l'avait porté d'instinct vers la vieille maison grise au fond de la vallée dont la fraîcheur le hantait... Mon Dieu, se pourrait-il qu'après tant d'années ?... Il se souvenait encore que la chambre de la clinique était toute blanche, pleine d'ombre... L'oncle vivait à ce moment-là. Il l'entendit discuter à voix basse avec le médecin, et un mot, entre eux, revenait sans cesse, un mot qui lui avait semblé merveilleux — celui de fugue. Et il se rappelait aussi le visage sérieux de l'ancien officier de marine s'efforçant quelques jours après de le convaincre : « Ton père était un nerveux, un grand nerveux. A ton âge, cet accident-là n'a pas d'importance : il suffit de te mettre en garde. Tout s'arrangera vers quinze ans. D'ici là, résiste à la tentation. Lorsqu'elle vient, tâche de penser à autre chose. Et si l'énergie te manque, n'hésite pas : confie-toi au premier venu de tes maîtres, il fera le nécessaire. D'ailleurs, inutile d'essayer de reprendre la clef des champs, tu seras surveillé jour et nuit. »

Depuis longtemps — des heures — la route ne sonnait plus sous ses talons, et à sa grande surprise, il commença de distinguer le ciel au-dessus de lui — un ciel bas, d'une couleur jaunâtre, écœurante. Un vent frais venait des profondeurs déjà blêmes, des champs monotones, semés d'épluchures de betterave, à perte de vue. L'odeur de l'aube précédait l'aube elle-même.

Pour se réchauffer, il fit, en courant, un ou deux kilomètres, continua par une marche athlétique. Son veston fumait sur son dos. Un cabaret avec sa pompe à essence, son enclos de planches et de treillage, une vieille auto sous sa bâche, apparut à un carrefour — miraculeusement seul sur cet horizon plat et triste. Avant d'y entrer, Mainville décrotta ses chaussures boueuses, refit le nœud de sa cravate, prépara une fable plausible. Et d'ailleurs, à un certain degré d'excitation nerveuse, il sentait toujours presque douloureusement le besoin et comme la fringale du mensonge.

Le cabaretier écouta distraitement l'histoire compliquée de la voiture en panne, qu'une camionnette providentielle venait de prendre en remorque jusqu'au prochain garage, et qui viendrait le reprendre au cours de la matinée. La patronne, moins taciturne, expliqua qu'il aurait été plus sage de prévenir par téléphone un des postes automobiles de Dourdan. Il apprit ainsi qu'il avait parcouru près de trente-cinq kilomètres. Alors seulement il sentit la fatigue non dans ses muscles, mais dans sa moelle. Ce fut comme l'éblouissement d'une lumière trop vive, aveuglante, intolérable, qui eût mis à nu, dénudé chacun de ses nerfs. L'angoisse fut si prompte qu'elle le mit debout en un clin d'œil, le jeta littéralement hors de la pièce. Il laissa une poignée de monnaie sur la table, reprit sa marche, ne s'arrêta qu'à l'entrée de la ville.

C'était une journée grise d'arrière-automne, pleine de fumée. De la rue lavée par la pluie, encore humide, montait une odeur si fraîche qu'elle lui rappela celle de la neige à travers le bois goudronné des refuges montagnards. Et aussitôt l'image de la maison grise cessa de flotter dans sa pensée, se dessina tout à coup avec une extraordinaire netteté, puis parut s'y multiplier ainsi qu'entre deux miroirs. Quoi qu'il fît pour échapper à l'obsession, la façade de Souville, aux volets clos, finissait toujours par accourir au-devant de lui, dès que sa volonté faiblissait, dans une sorte d'immobilité sinistre.

Il semblait pourtant que le lever du jour eût mis fin à son cauchemar. Du moins, il se fût cru volontiers libre désormais de poursuivre ou non la singulière aventure dans laquelle il s'était trouvé jeté comme à son insu. Le seul indice qui faillit réveiller sa méfiance fut le mouvement de révolte qu'éveilla en lui brusquement la seule pensée d'un retour en arrière, lorsque l'idée lui vint d'aller prendre chez lui les quelques objets nécessaires à une longue randonnée. Mais il se rassura par un raisonnement simpliste : à chaque départ de vacances, il était ainsi torturé jusqu'au dernier moment par la crainte de quelque incident fortuit, imprévisible — une visite, une lettre, un malaise — qui l'eût retenu à la maison. A quoi bon risquer de laisser renouer là-bas des liens qu'il avait brisés d'un seul coup, et presque sans y songer ? Réconforté par un déjeuner copieux, il demanda une chambre à l'hôtel, s'étendit sur son lit, et sombra instantanément dans un sommeil sans rêves.

Il ne s'éveilla qu'au soir et aussitôt lui revint avec une force accrue, irrésistible, l'obsession de la route ténébreuse, telle qu'il l'avait connue au cours de la nuit précédente. L'odeur des pavés humides, le vent toujours saturé de pluie, les lumières tremblantes le grisèrent au point que dans un premier mouvement de défense, il ferma sa fenêtre, les rideaux. Mais en vain. Cependant il discutait encore avec lui-même, se proposa de payer d'abord sa note, de se tenir prêt. Il lui semblait que, libre de partir d'un moment à l'autre, la tentation serait moins forte. Elle redoubla au contraire. Alors il s'accorda de descendre jusqu'à la porte de la rue, posa sournoisement son léger bagage sur une banquette du vestibule. Un quart d'heure peut-être, il observa les rares passants, les masses confuses du ciel hivernal, et se retournant, il vit fixé sur lui le regard inquiet de la caissière. Il n'y tint plus, demanda son compte, sortit.

DEUXIÈME PARTIE

X

— Encore une qui ne sait pas où elle va, cinq minutes avant de prendre le train !

Le sous-chef passa vivement la tête à travers le guichet, mais il ne vit que le dos énorme d'un voyageur appuyé de l'épaule contre la cloison.

— Elle vous intéresse tant que ça ? remarqua la jolie receveuse d'un air piqué. Peuh ! Trente ans au moins. Et des rides ! Naturellement, vous lui en donnez vingt.

Sans répondre, le sous-chef était allé jusqu'à la porte, et il revint vers le guichet avec un haussement d'épaules découragé.

— J'aurais donné vingt francs pour la revoir, dit-il. Je me demande même comment je ne l'ai pas vue partir tout à l'heure. Je l'ai observée tout le temps. Mademoiselle Barnoux, occupez-vous du public, madame Orillane va fermer son guichet un instant.

Il rapprocha sa tête des cheveux blonds, un peu plus qu'il n'était nécessaire, peut-être.

— Voyons : elle a demandé d'abord un billet de troisième pour Briançon, puis un billet de seconde pour Grenoble. C'est très simple au fond. A Dijon elle prendra le 892 qui lui permettra de rejoindre la grande ligne à La Roche. Et Dieu sait si nous pourrons jamais démêler sa véritable destination.

— Ça, par exemple, riposta la receveuse stupéfaite. Ecoutez, monsieur Maunourette, je vous savais original, mais pas à ce point-là. Toujours vos romans policiers, alors ?

— Je ne lis jamais de romans policiers, madame Orillane, on raconte ça dans le service, pour blaguer, à cause de mes anciennes fonctions. Car j'ai appartenu deux ans à la brigade de police des chemins de fer, et je m'en fais gloire et honneur. Ça n'est pas que nous soyons tous des as, c'est entendu, mais on nous a appris d'abord à nous servir de nos yeux et de nos oreilles, pas moyen de soutenir le contraire. Et cette femme-là, je l'ai regardée, je vous prie de le croire, c'est comme si j'avais son signalement dans mon portefeuille, et la photographie par-dessus le marché.

— Monsieur Maunourette, vous me faites marcher ou quoi ?

— Oh ! non. Jamais à propos du service. Que voulez-vous, le public n'a aucune idée des trucs de police. Quand un type médite un sale coup, madame Orillane, ça se marque au visage. Remarquez bien que ça ne peut pas suffire à envoyer quelqu'un coucher en prison, évidemment ! Mais je vous répète, ce sont nos trucs à nous, des trucs qu'il est plus facile de débiner que de remplacer par d'autres.

— Alors, à votre avis, cette voyageuse...

— Eh bien ! celle-là, je la placerais dans une catégorie à part, voyez-vous. Le sale coup n'est pas fait, mais elle va le faire, et elle y pense depuis longtemps, tout est réglé, combiné, ajusté au quart de poil, comme on dit. Oh ! ça n'est qu'une supposition de ma part, remarquez bien, une... une intuition. Une idée pareille, ça ne donne souvent rien du tout, ça s'effondre. J'exercerais encore que je n'aurais pas été assez bête pour raconter ma petite histoire à l'inspecteur principal, vous pensez. J'aurais simplement pris note, ou j'aurais peut-être sauté dans le train, quitte à descendre en gare de La Roche.

— Ben, avec ces façons-là vous deviez coûter cher à l'administration, monsieur Maunourette. Et puis, vous me dites que la femme a dû combiner son affaire depuis longtemps. Alors comment ne savait-elle pas encore, à la dernière minute, la destination qu'elle allait prendre ?

— Encore une chose qu'on nous enseigne, madame Orillane, c'est l'a b c du métier. A force de tout combiner, de tout prévoir, les types finissent par faire des gaffes qui n'ont l'air de rien, qui sont énormes. Sans quoi les solitaires ne seraient jamais pris. Une supposition qu'avant d'aller rendre compte à l'inspecteur-chef, je prépare ma conversation mot à mot, demandes et réponses, il y aura un moment où ça ne collera plus, je nagerai. Dans n'importe quel travail, madame Orillane, on doit faire sa part à l'improvisation, à la chance... Vingt dieux, la revoilà !

— Mademoiselle, disait la même voix qui avait un instant plus tôt retenu si puissamment l'attention de l'ancien inspecteur, est-il possible de changer la destination de ce billet ? Ou du moins d'y prévoir un arrêt de vingt-quatre heures à Dijon ?

— Mais madame, commença la receveuse qui venait de rouvrir son guichet, vous pourriez à l'arrivée vous entendre avec le contrôleur.

Un furieux coup de coude de M. Maunourette lui coupa la parole et presque le souffle.

— Vous prenez évidemment le 17 h 57, madame, dit-il surgissant brusquement au côté de la voyageuse stupéfaite. La modification que vous envisagez, continua-t-il dans cette langue si particulière, commune aux fonctionnaires courtois et dont la préciosité naïve est la même dans tous les pays du monde, exigerait votre passage à un guichet spécial. Or le temps passe. Je m'en vais vous accompagner jusqu'au train et prévenir le contrôleur...

Il revint quelques moments plus tard, rouge de colère.

— Sacrée garce ! Elle m'a glissé entre les doigts au moment du départ. Et pas un ancien copain à l'horizon, qu'est-ce que vous auriez voulu que je fasse ? Je ne pouvais tout de même pas la signaler d'autorité au commissaire de La Roche.

— Ecoutez, monsieur Maunourette, avouez que vous ne manquez pas d'imagination. L'autre jour, le type que vous aviez pris pour un gangster américain, Thérèse l'a revu dimanche, tirant derrière lui une grosse femme et quatre gosses, avec des cannes à pêche sur le dos. Renseignements pris, c'est un abonné de banlieue.

— Bon, bon, répliqua le sous-chef, admettons que j'ai eu tort de parler devant vous, ce sont des idées qui me passent, voilà tout, ça ne tire pas à conséquence.

Et d'un mouvement d'épaule, il exprima pour lui seul son profond mépris d'un ordre social indifférent aux véritables supériorités, rejetant sur des supérieurs ignares la responsabilité des prochaines catastrophes.

Elle était simplement descendue à contre-voie, puis remontant jusqu'à la tête du train, elle avait sauté dans le rapide de Genève qui démarrait. De toute manière, elle pourrait descendre à Dijon, reprendre là-bas l'express de Grenoble. Le regard de l'ancien inspecteur l'avait troublée. C'était le regard d'un imbécile, mais l'expérience de la vie l'avait depuis longtemps mise en garde contre une certaine espèce très commune d'imbéciles favorisés par la chance et qui, de gaffe en gaffe, déjouent les combinaisons les plus profondes.

Elle laissa ses bagages dans le premier compartiment venu, erra dans le couloir, finit par trouver un wagon de troisième vide, s'étendit à demi sur la banquette, regarda sans la voir glisser contre la vitre une banlieue lépreuse. Puis elle prit un papier dans son sac, le lut deux fois encore soigneusement et l'ayant déchiré en menus morceaux, les jeta par la portière. Un long temps elle resta ainsi, le visage fouetté par le vent humide, les yeux clos, jusqu'à ce que la brusque illumination d'une gare traversée à grande vitesse l'eût tirée de son rêve confus où ne flottaient, par un paradoxe assez singulier, que de vagues images de bonheur.

Elle n'avait pas revu Mainville depuis plusieurs jours et ne s'en inquiétait guère. Mieux valait qu'ils se fussent quittés un peu plus tôt qu'elle n'avait prévu. Désormais, elle ne reviendrait à lui qu'appelée. Car il l'appellerait. Peut-être refuserait-elle d'abord ? Elle se lassa d'ailleurs vite de prévoir des événements qui lui paraissaient encore si lointains, séparés d'elle par cet abîme que son audace et son courage allaient combler.

Chose étrange, elle ne doutait point de venir à bout de l'acte qu'elle s'était juré d'accomplir, et cette même sécurité profonde eût pu s'appeler d'un autre nom : la certitude de l'impunité. Pourtant elle n'imaginait rien au-delà de cette besogne ténébreuse, accomplie dans les ténèbres. La nuit où elle allait entrer, d'un cœur résolu et calme, n'avait pas d'issue vers le jour. Pour la première fois, la prodigieuse vie intérieure, toujours repliée sur elle-même et qui, selon un mot ignoble du vieux Ganse, cuisait depuis dix ans dans son jus, cette vie mystérieuse partagée tour à tour entre le désespoir et l'exaltation, traversée de figures de cauchemar ainsi qu'un carrefour suspect, ce flot souterrain allait rompre l'obstacle sous lequel il creusait ses tourbillons, paraître au jour... Pour la première, et sans doute la dernière fois...

L'idée du crime ne lui causait nulle répulsion, nulle crainte, et le crime accompli, elle ne sentirait nul remords. C'était simplement une image monstrueuse entre tant d'autres, et qu'elle fût réalisée, la distinguerait à peine des images monstrueuses qu'elle avait senti grouiller en elle dès l'enfance et qui remplissaient déjà ses rêves. Deux fois au cours de sa vie elle avait cru rencontrer l'homme qui la délivrerait, le complice fraternel, et deux fois elle n'avait assuré sa prise, au prix de tant de ruses, que sur des aventuriers sans audace. S'ils avaient été autres, que leur eût-elle demandé au juste ? Rien peut-être. Peut-être leur force eût-elle donné la paix à son âme tourmentée ? Peut-être eussent-ils exorcisé ses démons ? Elle avait cru un moment trouver chez Ganse, à défaut d'un maître, au moins un ami. Hélas ! avec quelle avidité rageuse le vieil homme avait entretenu ses plaies vives, fouillé jusqu'au fond, tiré d'elle la substance de ses meilleurs livres ! L'épuisement cérébral lui avait donné quelques mois d'une espèce de repos, d'anéantissement presque voluptueux que l'abus de la morphine avait prolongé encore un peu de temps. Puis cette crise de folie mystique où avait failli sombrer sa raison, les courses à travers le Paris secret, celui des faux prêtres, des faux mages, les messes grises ou noires, l'enfer ! Et tout à coup, ce petit Olivier avec son regard d'ange.

L'idée lui était venue le jour même où il lui avait révélé le nom de cette vieille femme avare qui lui mesurait chichement une maigre pension, alors qu'elle eût pu, d'une signature, lui faire une vie heureuse, libre, digne de lui, une vie enfin qui lui ressemblât.

Certes, elle eût pu l'écarter aisément. Mais son imagination, rompue au travail d'accumuler les documents vraisemblables autour d'un fait donné, si exceptionnel ou anormal qu'il fût, continua de travailler presque à son insu. L'image de la châtelaine devint peu à peu l'un de ces points fixes que recouvre et découvre tour à tour le songe flottant de la drogue, ainsi que la pointe d'un roc dans les remous de l'écume. Malheur à qui sert ainsi de repère au regard vide du serpent ! Il lui arrivait d'interroger son amant, jamais las d'ailleurs de lui parler de la maison grise, avec son mélange puéril de haine et de tendresse, et de se perdre aussitôt dans un flot de détails qu'elle finissait par écouter à peine. Mais lorsque le délicieux, l'onctueux pouvoir, pareil à une nappe d'huile tiède, semblait sourdre de nouveau de sa nuque, couler le long de sa moelle, chaque image venait se dessiner sur l'écran avec une précision implacable. Un jour elle n'y tint plus, prit le train pour Grenoble, loua une bicyclette à Gesvres et vers le soir rôda longtemps autour de Souville. Elle y revint plusieurs fois, jusqu'à ce que le pays lui fût devenu si familier qu'elle s'y replaçait d'elle-même sans fatigue, rien qu'en fermant les yeux.

Car dès ce moment, l'image du meurtre avait surgi de cette part de l'âme où rien ne distingue encore la volonté du désir ou même d'un sentiment plus obscur encore. Elle ne voyait pas seulement les deux vieilles femmes aller et venir au fond de la maison solitaire, ou dans ce décor campagnard dont une faculté supérieure à la mémoire retraçait chaque détail avec une précision diabolique, elle s'y voyait elle-même, non dans telle ou telle conjoncture imaginée à plaisir, mais dans toutes les circonstances de l'acte que rien désormais ne l'empêcherait d'accomplir, et ces circonstances une fois choisies, comme par un mystérieux instinct, ne variaient plus : le rêve s'élargissait et rayonnait autour d'elles sans y changer quoi que ce fût, comme par une sorte de cristallisation surprenante. Elle savait, d'une science infaillible, que cette cristallisation achevée, il ne lui resterait qu'à faire appel à sa volonté froide pour ce premier acte, pour ce premier geste qui déciderait de tous les autres. Cette certitude était à la fois douce et poignante, mais telle que, bercée par le mouvement monotone du train, elle n'hésita pas une seconde à fermer les yeux, sûre de ne pas manquer le prochain arrêt.

Elle ne sortit de son calme et profond sommeil qu'à l'entrée en gare de Dijon, changea de train comme elle l'avait prévu et s'endormit de nouveau paisiblement.

L'aube se levait dans un ciel hideux, ruisselant d'eau. La pluie cessa vers Bourg et la brume commença de monter de toutes parts sous un ciel couleur de saumure. Les premières pentes, seules visibles, fuyaient parmi ces fumées. Elle abandonna son projet d'emprunter l'autocar pour gagner Souville et résolut de descendre à Saint-Vaast. Sans quitter la gare, elle monta aussitôt dans le train omnibus de Bragelonne. Arrivée à la petite gare, ensevelie dans le brouillard de plus en plus épais, rien ne fut plus facile que de s'éloigner par un portillon sans présenter son billet, inutilisable depuis Saint-Vaast. Elle le déchira soigneusement, et par-dessus le parapet le jeta dans les flots noirs et tournoyants de l'Yvarque.

La difficulté de l'acte qu'elle allait accomplir lui parut plus grande. Elle ne s'était jamais sentie peut-être, depuis du moins bien des jours, plus rusée, plus forte, plus capable d'aller jusqu'au bout du mensonge où elle entrait avec une crainte voluptueuse. Mais elle s'avisait tout à coup qu'elle ne sortirait plus de ce mensonge, que ce mensonge n'avait pas d'issue. Quelle que fût désormais la profondeur de ses combinaisons, ou peut-être même en raison de cette profondeur, de l'infaillible précision de ses calculs, une évidence sinistre l'assurait qu'ils seraient déjoués l'un après l'autre, non par un adversaire plus habile, mais par un ennemi stupide, le plus stupide de tous, le hasard. Le hasard s'était déclaré contre elle, tout à coup, et cette minime part de chance, indispensable appoint de toute entreprise humaine, venait de s'évanouir en fumée. S'obstinerait-elle à jouer contre le sort une partie sans doute perdue d'avance ? Ne suffirait-il pas encore de tourner le dos, de renoncer ? Baissant les yeux, elle pouvait voir le quai solitaire où elle était descendue un moment plus tôt, la fumée de la locomotive qui l'avait amenée n'en finissait pas de se dissiper dans un ciel brumeux, tournait toujours au-dessus d'elle. Un pas en arrière, et le retour par n'importe quel express vers Grenoble ou Genève, qu'importe ! Mais ce que le lâche appelle désespoir porte en réalité un autre nom : la peur. La peur seule a de ces brusques renoncements. Quelle âme forte a jamais obéi à un pressentiment ? La tristesse augurale qui accompagne ces sortes d'avertissements secrets semble, au contraire, sceller leur destin.

Elle traversa péniblement la place et, incapable d'aller plus loin, entra au Café de la Gare, avala coup sur coup deux tasses de café. Vêtue d'une robe noire extrêmement simple, presque pauvre, d'un manteau court, grossièrement chaussée, coiffée d'un béret de tricot qui couvrait entièrement ses cheveux ras, fraîchement coupés « à la garçonne », tout son bagage dans une minuscule valise de cuir, elle ne risquait guère d'attirer l'attention de personne, confondue entre tant d'autres silhouettes pareilles que le plus méfiant regarde sans les voir et dont il ne saurait conserver aucun souvenir. Seule la fatigue du voyage, en exagérant sa pâleur et en creusant ses joues, donnait à son regard un éclat, une profondeur si extraordinaires qu'elle se félicita d'avoir glissé dans son sac, à tout hasard, une paire de lunettes à monture de corne.

L'affreuse tristesse qui l'avait saisie un moment plus tôt ne se dissipait pas, mais l'effort, d'ailleurs presque inconscient, de la volonté l'avait transformée peu à peu. Elle n'en gardait qu'une impression presque physique de solitude, ou plus exactement encore, de vide. On a ainsi parfois, dans les mauvais rêves, l'illusion d'une marche interminable, de détours nombreux et compliqués suivis d'une fuite sans but à travers une foule muette qui s'écarte sur votre passage, maintient autour de vous une zone infranchissable d'attente et de silence. Certes, le remède à son angoisse, à toute angoisse était là, dans l'étroite poche doublée de peau, le sachet enfoui dans son corsage, un peu au-dessus de la ceinture. Depuis la veille au soir, l'aiguille de platine, dispensatrice de béatitude, se cachait à demeure dans un repli de sa peau : elle n'aurait qu'à y ajuster sa seringue pour sentir sourdre d'abord goutte à goutte, puis couler en elle la nappe d'oubli... Mais elle s'était promis de n'user cette fois qu'avec ménagement de ce premier accès d'euphorie qui réveille au fond de l'être on ne sait quelle petite bête sournoise, capricieuse, experte à toutes les trahisons. Pour ne pas céder à la tentation, elle finit par appeler la patronne.

— Madame, commença-t-elle de sa voix la plus unie, la plus neutre, et aussitôt elle eut l'impression que doit connaître le lièvre chassé par les chiens en terrain découvert et qui, la dernière crête franchie, voit se lever de toutes parts l'épais taillis où il va se perdre, brouiller sa piste.

Car, bien avant la drogue, le mensonge avait été pour elle une autre merveilleuse évasion, la détente toujours efficace, le repos, l'oubli. Mensonge d'une espèce si particulière, on pourrait dire d'une qualité si rare, qu'il passait souvent inaperçu, même de ses proches, car seuls attirent l'attention, provoquent la colère ou le mépris ces mensonges grossiers, généralement maladroits, que la nécessité commande et qui ne sont le plus souvent qu'une dernière

118

ressource, un moyen extrême employé à contrecœur dans le seul but d'échapper au châtiment. Mais elle était de celles, moins rares qu'on ne pense, qui aiment le mensonge pour lui-même, en usent avec une prudence et une clairvoyance profondes, et d'ailleurs ne l'apprécient que lorsque le vrai et le faux s'y mêlent si étroitement qu'ils ne font qu'un, vivent de leur vie propre, font dans la vie une autre vie.

Le sentiment de sa solitude qui tout à l'heure semblait la frapper d'impuissance, l'exalta brusquement. Seule, soit ! Seule au milieu de tant de pièges et de périls. Mais libre, aussi détachée momentanément du passé qu'un fruit tombé de l'arbre, plus libre qu'elle n'avait jamais été, depuis longtemps du moins, car rien ne saurait plus, au cours des quelques heures qu'elle allait vivre, limiter ou contrôler ses métamorphoses. La noire poésie intérieure, jamais révélée tout entière, même aux plus intimes, allait pouvoir s'exprimer à sa fantaisie, selon le besoin ou l'inspiration du moment, sans autre règle que sa défense ou son plaisir. Loin de lui causer la moindre gêne, le regard un peu soupçonneux de la patronne, où elle plongeait hardiment le sien, l'ébranlait jusqu'au fond de l'âme, semblait faire jaillir d'elle une source intarissable d'images et de paroles. Ainsi, la seiche poursuivie s'efface dans le nuage d'encre sorti de ses flancs.

— Madame, dit-elle, voulez-vous avoir la bonté de me donner l'annuaire de la ville ?...

Elle fit mine de consulter le petit livre, le feuilleta d'un doigt discret, l'autre main à son front. La patronne restait debout, s'appuyant du ventre à la table et ne la quittant pas des yeux.

— Madame voyage sans doute ? interrogea-t-elle enfin. Les affaires vont mal. Et puis la saison est passée.

— Oh ! nous préparons déjà la prochaine. Nous devons commencer de bonne heure à cause de la concurrence. Ma maison n'est d'ailleurs pas encore connue ici. Nous n'avons jamais dépassé Saint-Etienne.

— Quel article ?

— Bonneterie, lainages. Nous voudrions surtout trouver quelques collaboratrices débrouillardes. Il y a sûrement beaucoup à faire ici en été.

— Je pourrais peut-être vous indiquer...

— Oh ! l'organisation proprement dite n'est pas mon affaire. L'inspectrice générale s'en occupe. Pour commencer, nous ne travaillerons que dans les vallées de Valmajour et de Griendas. C'est moi qui ai eu l'idée de pousser jusqu'ici à tout hasard. Vous voyez beaucoup de monde en août, me dit-on ?

— Oui, pas mal. Mais si je comprends bien, madame...

— Mademoiselle..., rectifia-t-elle avec un sourire triste.

— Mademoiselle ne visite pas la clientèle ?

— Très peu. Il s'agit d'une entreprise toute nouvelle et qui a donné dans les Pyrénées des résultats extraordinaires. Nous organisons de grandes tournées de vente, en auto. C'est la vieille méthode des marchands ambulants, mais remise au point, rajeunie, avec des moyens exceptionnels. Nos voitures emportent toute une installation démontable qui permet de construire presque instantanément de jolies petites boutiques, charmantes, adorables, de vrais bijoux. Notez que nous vendons à des prix spéciaux, publicitaires. Le personnel est recruté sur place, au dernier moment, par la première vendeuse. Nous envisageons d'atteindre une clientèle bien plus régulière et plus étendue que celle des estivants. Notre organisation est calquée sur les entreprises similaires américaines. Son but est d'assurer à la femme, habitât-elle le plus humble village, les mêmes facilités qu'aux élégantes citadines, avec cet avantage que nous faisons nous-mêmes l'effort de choix et de discernement que rendent si difficile le désordre et la cohue des grands magasins de Lyon ou de Paris. Nous serons bientôt en mesure de fournir tout ce qui, de près ou de loin, ressortit à l'élégance féminine. Sur demande, grâce à nos procédés de mesure, nous nous chargeons de couper le vêtement sur le tissu choisi dans nos catalogues. Chacune de nos abonnées aura ainsi ses fiches, tenues à jour, depuis les bottines jusqu'au chapeau, son mannequin au complet, quoi ! A chaque saison, une tournée de nos vendeuses leur permettra de fixer leur choix, et d'après des modèles encore inédits. La haute couture à la portée de toutes, voilà le but.

Le regard de la grosse dame, exagérément attentif, exprimait toujours la même curiosité mêlée de méfiance, tandis que son interlocutrice, incapable d'arrêter le fil de son étrange histoire, s'écoutait elle-même avec une impatience nerveuse qui lui mettait les larmes aux yeux derrière ses lunettes. Alors que son premier dessein était de passer partout inaperçue, coûte que coûte, pourquoi s'engager à fond dans cette fable stupide ? Mais la tentation était trop forte, elle avait besoin de remuer des mensonges, n'importe lesquels, de dresser cette frêle défense entre elle et le danger inconnu, indéfini. Mais il semblait d'ailleurs que ses paroles se perdissent en une sorte de vain murmure, sans aucun écho.

— C'est une affaire considérable, remarqua la patronne ; et en même temps son insupportable regard, entre les rares cils, alla des souliers mouchetés de boue au béret de laine.

— Oh ! considérable pour d'autres que moi, dit Mme Alfieri. Je commence à peine, et les commencements sont très durs. Mais dans un an ou deux, je puis être nommée sous-inspectrice, toucher un pourcentage sur les affaires, me débrouiller, quoi !

— Ma fille... commença la grosse dame.

— Votre fille ? Est-elle dans la partie ?

— Justement. Oh ! c'est une artiste, elle a suivi des cours à Gap, travaillé dans une maison d'Avignon. Malheureusement, depuis la mort de son père, pauvre gosse ! elle n'a pu continuer dans son métier, rapport qu'il y a trop de morte-saison. Elle est dactylo chez Sauret, la grosse savonnerie de Marseille. Si des fois...

— Nous en reparlerons...

— Bien sûr... Et à propos, j'ai des chambres pas chères et des prix spéciaux pour les voyageurs de commerce : vingt francs par jour. L'hôtel ne paie pas de mine, mais la cuisine est à se lécher les doigts — toute au beurre. Pas la peine que vous alliez recevoir le coup de fusil au *Moderne* ou au *Terminus*. Resterez-vous longtemps ?

— Un jour ou deux cette fois, pas plus. A moins que... J'ai rendez-vous avec une correspondante à Soltéroz.

— Quand ça ?

— Ce matin, dit-elle, avant midi.

— Avant midi ! Mais, voyons, depuis octobre il n'y a plus qu'un service d'autobus, matin et soir.

— Tant pis. J'irai à bicyclette, voilà le ciel qui se nettoie. Je trouverai bien à louer une machine...

— Oui, au Garage du Centre, probable. Mais...

— Voyez-vous, reprit paisiblement Mme Alfieri, nous sommes gens de revue, vous et moi, j'aime autant vous parler franchement. A l'heure qu'il est, je ne peux pas négliger les petits profits, vous comprenez ? Je fais le plus de route que je peux à bicyclette et la société me rembourse une voiture, ça ne fait tort à personne. Alors, entre nous, lorsque je reviendrai accompagnée de l'inspectrice...

— Bon. Inutile même de demander au garage ; j'ai ici la bicyclette de ma fille, une vieille bicyclette, pas brillante mais solide. Elle lui a servi encore il n'y a pas trois semaines, ainsi...

— Ecoutez, madame... Madame ?

— Madame Hautemulle...

— Ecoutez, madame Hautemulle, la chose m'arrange très bien. Il s'agira simplement de nous mettre d'accord vous et moi, à cause de mon administration, pas vrai ? A mon départ, vous mettrez les frais d'auto sur ma note, c'est vous qui me l'aurez procurée, nous n'y perdrons ni l'une ni l'autre. L'inspectrice, d'ailleurs, n'en demandera pas plus long, c'est une bonne femme. Et pour la location de la bicyclette, je vais toujours vous faire un dépôt, les affaires sont les affaires.

— Pensez-vous, mademoiselle... Mademoiselle ?

— Mademoiselle Irène.

— Eh bien ! mademoiselle Irène, gardez vos billets. Vous trouverez la machine toute graissée sous le hangar. Partez quand vous voudrez. Moi, faut maintenant que je finisse les chambres, mon garçon est en congé. La fiche est sur le comptoir, vous la remplirez sans faute, hein ? la police est si tracassière, une vraie plaie.

Elle resta seule, le front entre les mains, tout étourdie de l'effort qu'elle avait fait, non pour imaginer, mais pour arrêter au contraire le flot des mensonges qu'elle sentait prêts à jaillir d'on ne sait quelle plaie horrible de l'âme que sa récente angoisse venait de rouvrir sans doute. La pluie battait de nouveau les vitres, le sifflet d'une locomotive en manœuvre déchirait l'air de son appel funèbre, parfois prolongé comme une plainte, parfois bref, impérieux, désespéré, pareil au cri d'un être conscient, frappé de mort. Elle pressait ses tempes de ses doigts glacés pour réussir à mettre en ordre les images qui se succédaient avec une rapidité extraordinaire dans sa cervelle, mêlées à des chiffres, toujours les mêmes. De Léniers à Durançon, douze kilomètres, de Durançon à Ternier, vingt-cinq. Le col de Sermoise, sept. Total : quarante-quatre. Trois heures, quatre peut-être à cause des côtes...

L'arrivée de la patronne la tira brutalement de cette espèce de cauchemar. Mme Hautemulle descendait à reculons l'étroit escalier tournant, dont la rampe grinçait sous son poids. Parvenue à mi-chemin, elle dit d'un ton cordial :

— Décidément, mademoiselle Irène, je vous prépare la chambre 5, elle est plus chaude. S'il vient du monde, vous n'aurez qu'à donner un coup sur le timbre qui est là, près du perco, à deux pas.

Elle regrimpa pesamment, et Mme Alfieri se retrouva seule avec un soulagement immense. Elle tâta fébrilement son corsage, atteignit la pochette doublée de chamois, ajusta la seringue, l'emplit à tâtons sous la table. Ses mains tremblaient d'impatience, et le besoin, à l'instant d'être satisfait, redoublait de force, abolissait toute autre pensée. La chose faite, elle attendit, perdue dans le sentiment familier et pourtant toujours attendu, toujours nouveau, d'une déception vague, indécise, qui se fondrait tout à coup dans une impression de béatitude absolue, de facilité surhumaine, d'ailleurs, hélas ! trop vite évanouie.

Une à une, comme obéissant à on ne sait quel appel, quelle inspiration intérieure, les images un moment dispersées revenaient prendre leur place et leur rang, mais elle les reconnaissait à peine. Du moins paraissaient-elles avoir perdu tout contact avec cette part du cerveau qui conçoit, juge, raisonne, et vivre d'une vie propre, s'accordant entre elles selon les lois d'une logique particulière, sans rapport avec l'autre, analogue à celle des couleurs et des sons. Et lorsque enfin la faculté supérieure, encore obscure, reprit son travail, la pensée parut se conformer docilement à ce rythme étrange, baigner dans la même lumière douce où toute contradiction semblait se fondre. De nouveau, comme à Paris, au cours des longues nuits, si délicieuses qu'elles faisaient de l'insomnie un repos supérieur au sommeil — que le sommeil y eût paru comme la forme la plus grossière, presque inconcevable, du repos — elle sentit renaître en elle cette impatience passionnée de l'acte à accomplir, le sentiment d'une nécessité supérieure qui rendait l'idée même d'un échec absurde, l'impression physique du succès déjà obtenu, de l'entreprise réalisée.

Un seul scrupule — comme un minuscule point d'ombre : l'inutilité du mensonge qu'elle venait de commettre. La nécessité d'accorder ce détail, insignifiant sans doute, mais irréductible, au plan si simple qu'elle avait formé, tellement simple qu'il lui semblait devoir déconcerter toute l'enquête en réduisant à l'extrême ce petit nombre de faits précis auxquels peut s'accrocher ordinairement la pesante chaîne des déductions policières. L'idée de ce plan lui était venue dès son premier voyage secret à Souville quelques mois auparavant — si l'on peut donner le nom de plan à une succession d'images presque hallucinatoires, si étroitement liées qu'elles s'étaient présentées depuis, toujours dans le même ordre, avec une précision sans cesse accrue. Et certes la volonté du meurtre n'était point tout à fait formée en elle — à ce qu'elle croyait du moins. Mais la pensée de la vieille octogénaire, déjà presque hors du monde, retenue par un lambeau de vie que le moindre effort devait suffire à rompre, lui devenait chaque jour plus insupportable, tandis que se multipliaient les scènes affreuses et puériles au terme desquelles le spectacle de son faible amant, effondré dans un sommeil d'enfant, la remplissait tout ensemble de honte, de dégoût, d'une pitié plus insupportable encore. « Rien ne peut se découvrir avant six mois au moins », affirmait Mainville entre deux sanglots. Et lorsque l'épuisement de ses nerfs, à défaut de la drogue, lui donnait quelques heures de trompeuse rémission, elle voyait se lever dans les yeux hagards une sécurité si lâche qu'elle eût souhaité mourir. Par quelle diabolique contradiction intérieure n'avait-elle jamais pu connaître et posséder réellement le plaisir que dans l'arrachement, la torture de son orgueil crucifié ? Non, la volonté du meurtre n'était pas alors née en elle, mais elle trouvait dans la vieille dame inconnue tout ce qui dans la personne même d'Olivier lui inspirait de la terreur ou du mépris, comme si la châtelaine de Souville eût été responsable vis-à-vis d'elle de l'humiliation dont elle tirait sa force et sa torture. Et cette illusion était devenue peu à peu si forte, l'obsession si tyrannique, que rien au monde ne l'eût détournée de son dessein, sitôt formé, d'aller voir de ses yeux, observer à loisir cette femme extraordinaire, qui ignorait alors jusqu'à son nom, et dont elle savait tant de choses, jusqu'à d'insignifiantes manies, jusqu'aux moindres épisodes, toujours les mêmes, de la monotone vie quotidienne.

Bien qu'elle n'eût rien décidé avant son départ, résolue seulement à s'en remettre au hasard, elle aurait volontiers couru le risque d'un entretien, d'une de ces discussions, tour à tour tendres ou cyniques, qu'elle savait nuancer à merveille selon l'interlocuteur ou les conjonctures, et qui l'avaient servie tant de fois. Mais un concours de circonstances, d'ailleurs assez singulières, l'en détourna. L'autocar dont le service n'est assuré que du printemps à l'automne, l'avait laissée vers midi au petit bourg de Dombasles, à cinq kilomètres de Souville. Abandonnant la route, sur les conseils d'un passant, elle s'égara dans les sentiers qui, piétinés par les troupeaux à chaque saison depuis des siècles, font parfois figure de voies carrossables, pour s'effacer bientôt sur le sol dur où rien ne les distingue plus du roc que la trace, à demi effacée par la pluie, des fientes de la dernière saison. Une dernière confusion, que le crépuscule tombant rendait presque inévitable, lui fit commettre une erreur : au lieu d'aboutir à la place du village, elle se retrouva tout à coup à mi-côte, parmi les ajoncs et les bruyères. Les premières fenêtres s'allumaient au-dessous d'elle, et le bourg était là, si pareil à celui que les photographies rapportées par Olivier lui avaient montrées si souvent, à toutes les heures du jour et de l'année, qu'elle eut cette sensation bizarre de moins le découvrir que le retrouver. Le clocher de l'église se dressait sur sa droite, et au même instant la vieille horloge laissa tomber, sur la vallée déjà sombre, ses coups pesants qu'elle ne songea pas à compter. La solitude était profonde, le silence extraordinaire. Se retournant peu à peu, comme si elle eût eu conscience d'une présence invisible, elle aperçut à travers les taillis les deux montants de briques et la grille du parc où elle s'engagea, lentement d'abord puis plus vite, incertaine encore du parti qu'elle allait prendre.

Un bruit de pas, puis de voix, la fit se ranger sur la gauche derrière un massif de lauriers-roses. Elle s'y dissimulait à peine, toute prête à sortir de sa cachette si les nouveaux arrivants s'engageaient dans l'allée qu'elle venait de quitter. Ils n'en firent rien, prirent à travers la pelouse, passant à quelques pas, disparurent.

Elle les vit descendre la route en lacet vers le village et n'eut pas de peine à reconnaître la gouvernante accompagnée de Philomène. Un long moment la voix aiguë de la servante vint jusqu'à elle, portée par l'air sonore, puis s'affaiblissant par degrés, s'éteignit. Le silence ne fut plus troublé que par le balancement monotone des hautes branches invisibles et parfois le lourd envol d'une corneille déjà perchée pour la nuit et dont l'ombre, démesurément agrandie, glissait un moment sur la pelouse.

Elle s'était approchée peu à peu, sans autre précaution que de longer la ligne noire des arbustes. Au craquement des feuilles mortes sous ses talons hauts, au grincement du gravier, elle croyait voir à chaque seconde une fenêtre s'ouvrir, entendre un appel. Rien ne bougeait pourtant dans la haute maison grise, à présent si près d'elle qu'elle eût pu d'un saut gagner les marches du perron. La certitude que la vieille dame était seule en ce moment, bien seule entre ces hauts murs gris que la lumière du soir, encore visible, teintait de rose sale et funèbre, l'emplissait d'une mélancolie farouche. Où était-elle, à cette minute, l'étrange petite vieille, avec son sourire éteint, son regard ironique et glacé, telle qu'Olivier la lui avait tant de fois dépeinte, derrière laquelle de ces persiennes closes ? Et tout à coup le souvenir lui revint qu'elle était sourde, si sourde, disait Olivier, que depuis des années, à l'insu de tous, elle écoutait avec ses yeux. Mais elle était si rusée qu'on ne s'en avisa que le jour où la vue commença de la trahir aussi. Sourde et presque aveugle, dans un coin de cette maison solitaire.

Elle était restée longtemps ainsi, debout, le cœur battant, ne s'apercevant même pas que la fraîcheur du soir glaçait ses jambes sous la robe légère. Puis elle était repartie comme elle était venue, mais par l'autre extrémité du parc. La descente sur les roches glissantes que l'obscurité grandissante rendait dangereuse, l'avait lassée, moins sans doute que l'atroce dessein qui se formait en elle, accaparait toutes les forces de son être, ainsi qu'un fruit monstrueux de ses entrailles. Elle s'assit sur une grande dalle lisse, au bord du chemin des Gardes, la place même où quelques mois plus tard... Deux heures après elle reprenait l'autocar à Dombasles, sans avoir tout au long de la route, d'ailleurs peu fréquentée, fait d'autre rencontre qu'un petit chevrier qu'elle entendit longtemps, sans le voir, siffler au milieu des ajoncs.

Depuis, cette pensée ne l'avait pas quittée qu'il eût suffi... Quoi de plus facile que de monter le perron, pousser la porte entrouverte et... Après ce premier pas décisif le choix eût été laissé, soit de fuir tout de suite, par un coup d'audace, — et si invraisemblable que cela parût, elle aurait réussi sans doute à regagner cette nuit-là le parc sans avoir attiré l'attention de qui que ce fût, avec la certitude absolue de l'impunité, — soit de se dissimuler jusqu'à la nuit dans quelque recoin de cette immense maison. La servante couchait là-haut sous les combles. L'appartement de la gouvernante était séparé de celui de sa maîtresse par toute l'étendue de la galerie du premier étage. Rien n'eût été plus aisé sans doute que de sortir, la besogne faite, car les clefs de la porte principale devaient rester sur la serrure. Au besoin elle aurait ouvert une des fenêtres du rez-de-chaussée. L'important était d'aller vite. Et en cela elle voyait juste. Louis d'Olbreuse écrit quelque part dans ses *Mémoires* que la première, l'indispensable condition de sécurité pour un criminel est d'agir seul. Et la réussite est presque certaine, s'il garde assez de tête et de cœur, pour, ayant mûrement réglé tous les détails de l'acte, l'accomplir comme s'il n'eût pas été prémédité, ainsi les fous et les ivrognes que la police ne découvre jamais que grâce à des imprudences ultérieures. Dans le crime comme au feu, ajoute-t-il, la combinaison compte pour peu, si l'on ne se résout pas, le moment venu, à forcer la chance. La règle vaut pour tous les crimes, l'empoisonnement excepté.

Ainsi s'était-elle, avant de quitter Paris, résolument juré d'agir aussi simplement qu'à son premier voyage à Souville, se réservant de rompre le contact au dernier moment. Jusque-là, elle serait une voyageuse inoffensive qui se prépare à une entrevue décisive, sans savoir quel sera le résultat de celle-ci, ou même si elle aura jamais lieu. Jusqu'au dernier moment, jusqu'au seuil de la haute porte, dont fermant les yeux elle croyait voir le battant gris entrouvert, elle ne serait qu'une maîtresse désespérée, qui vient supplier la tante de son amant, une parente riche et ladre — situation touchante et comique. Et la voici sur le seuil redouté, elle qui n'avait jamais songé à s'accuser d'autre chose que d'une indiscrétion grossière à vrai dire, mais vénielle. Jusqu'au dernier moment le crime resterait en elle, rien qu'en elle, le plus sûr, le plus profond, le plus inviolable secret. A moins que...

Elle ne regrettait pas sa suprême démarche auprès de Ganse, bien qu'elle ne l'eût point non plus préméditée. Elle devait tenter cette chance, et elle se serait plutôt reproché de ne pas l'avoir tentée à fond ou d'avoir gâché trop tôt la proie qu'elle avait senti frémir dans ses bras. Mais, tel quel, ce demi-aveu faisait du vieil homme une sorte de complice, en supposant que l'assassinat de la dame de Souville attirât son attention et qu'il rapprochât ce simple fait divers du demi-aveu de sa secrétaire. Et en ce cas elle connaissait assez la lâcheté de l'auteur de *L'Impure* pour être assurée de son silence. Bien plus : il lui coûterait alors peu de mentir pourvu qu'on le laissât dans l'ignorance des tracas et des poursuites, car la peur du scandale avait pris chez lui ce caractère un peu niais, enfantin, qu'il a chez les êtres très purs, très neufs, ou chez les vieux débauchés. L'espèce de confidence reçue malgré lui devait rester dans sa mémoire ainsi qu'un de ces mauvais signes, de ces craintes sans objet précis, qui tournent vite à l'obsession. Quoi qu'il arrivât, l'imprudence qu'elle avait commise, si toutefois c'en était une, ne pouvait désormais que la servir.

La disparition d'Olivier, sans l'inquiéter beaucoup, car elle le savait sujet à ces sortes de fugues, n'en posait pas moins un problème, et la solution de ce problème, heureuse ou non, ne dépendait plus que du hasard. Certes elle se félicitait qu'il eût si longtemps tardé à écrire la lettre dont elle ne lui avait fourni d'abord que le thème, puis le texte à peu de chose près. Le nom de Mme Alfieri devait être encore inconnu de la dame de Souville. Mais si le faible garçon, à présent hors de son pouvoir, en avait écrit une autre ? Il était possible que la police n'y prêtât que peu d'attention, car rien ne semblait plus facile que de l'orienter, le meurtre accompli, sur l'assassinat classique, suivi de vol, le crime crapuleux que l'entier isolement de la maison, connu de tous, rendait le plus vraisemblable. Mais il arrive aussi qu'une enquête méfiante retienne un nom, une lettre, et à la première question dangereuse ou seulement embarrassante, Olivier parlerait, parlerait. Car la peur le rendait querelleur et bavard comme une pie.

— Eh bien quoi ! fit la grosse dame, d'une voix qui lui parut coller à ses oreilles, vous dormez, mon petit. Au lieu de courir les routes à bicyclette, vous feriez mieux d'aller vous étendre un peu.

Elle ouvrit les yeux, et aussitôt se sentit pâlir. Sa jupe relevée encore au-dessus des genoux découvrait sa cuisse et c'était miracle qu'elle n'eût pas laissé échapper dans son demi-sommeil la seringue Pravaz qu'elle serrait inconsciemment dans ses doigts. Mais un regard jeté sur la patronne la rassura.

— Ai-je dormi vraiment ? dit-elle.

— Plutôt ! Même vous avez ronflé un moment. Oh ! pas grand-chose. C'est la fatigue qui veut ça.

— Longtemps ?

— Dame, une petite heure.

— Mon Dieu !

Elle n'avait pas besoin de simuler la terreur, elle l'éprouvait réellement. En même temps que les premières caresses souveraines du poison, s'était évanouie toute sécurité, toute confiance, tandis que de nouveau cette impression de solitude, ce cercle autour d'elle encore élargi, ce vide...

— Ma bonne dame, dit-elle (et sa langue tournait avec peine dans sa bouche, comme après une longue nuit d'ivresse) je vais partir sur-le-champ.

Elle sentait la chaleur revenir lentement à ses joues. D'un geste adroit, elle laissa glisser la seringue dans l'ouverture de son sac qu'elle referma sans bruit.

— Bon, répliqua la patronne sans plus insister. Faites à votre mode. Je vais remonter vos bagages.

— C'est que...

Elle n'avait pas d'autre bagage que son minuscule sac de cuir et son premier mensonge l'obligea à un second. La nécessité de ruser avec cette femme imbécile l'humiliait si douloureusement que des larmes de rage lui vinrent aux yeux.

— Je les ai laissés à la consigne. Oh ! une simple valise d'échantillons, presque rien.

Son parti était pris : puisqu'elle ne pouvait, hélas ! revenir sur cette fable stupide, du moins saurait-elle l'exploiter jusqu'au bout et à fond. Mais que de risques !

— Je vais tâcher d'avoir l'inspectrice au téléphone, dit-elle.

Et comme la patronne esquissait un geste :

— Demandez-moi le 16-22 à Grenoble.

C'était le numéro, retenu par hasard, d'un hôtel où elle avait déjeuné au cours de son premier voyage à Souville. Sitôt que la réponse parvint à ses oreilles, elle glissa la main devant son coude et, la communication une fois coupée, elle commença avec son interlocutrice imaginaire une conversation que la patronne feignit de ne pas entendre, mais dont elle ne perdit sûrement pas un mot, puisqu'elle remarqua tout à coup étourdiment :

— A l'heure que vous dites, vous ne serez jamais revenue de Soltéroz.

Sans s'interrompre, Mme Alfieri mit un doigt sur sa bouche et reposant enfin l'écouteur :

— J'ai mes raisons, fit-elle. N'oubliez pas que, pour l'inspectrice, je suis censée faire la tournée en auto. Au cas où elle me demanderait cet après-midi, vous répondrez que la voiture est vieille, qu'elle a pu avoir une panne, enfin n'importe quoi. Elle reprendra sûrement le train de six heures dix, car on l'attend demain à Lyon. J'aurai ainsi gagné trois ou quatre jours, une semaine peut-être. Pas moyen de contrôler mon travail dans la région, puisque la maison m'y envoie pour la première fois, et j'ai tellement besoin de me reposer un peu, madame Hautemulle.

Au mot de semaine, la patronne avait rougi de plaisir.

— Comptez sur moi, mademoiselle Irène. Ce n'est pas le pape votre inspectrice, après tout. Je vais vous montrer la machine. Voulez-vous me donner votre bulletin de consigne ? J'enverrai le garçon chercher vos bagages. Il n'arrive qu'à une heure de l'après-midi, rapport qu'il est sellier aussi.

Mais elle ne renouvela pas cette offre obligeante à laquelle Mme Alfieri n'avait répondu que par un bredouillement confus, absorbée en apparence par l'examen de la bicyclette, et la voyageuse était bien loin avant que la patronne s'avisât de son oubli.

— Bah ! dit-elle, il sera temps ce soir.

Mme Alfieri sortit de Bragelonne par l'autre route de Mornaz, tournant le dos à son but. Un kilomètre plus loin il lui eût été facile de rejoindre la route par un raccourci choisi sur la carte, mais ce chemin vicinal soigneusement entretenu et qui traversait un gros bourg lui parut trop dangereux. Elle préféra s'engager un peu au hasard dans un étroit sentier pierreux, longeant les bois de Seugny, et son intuition se trouva justifiée, car après plusieurs passages difficiles qui faillirent la faire renoncer à son dessein, elle se vit à sa grande surprise déboucher bien au-delà, juste à la sortie du village de Trentin, ayant ainsi déjà le bourg sur sa gauche. Une demi-heure encore elle suivit une route parallèle à la ligne de chemin de fer et, le passage à niveau franchi, lut à la première borne, non sans une certaine bouffée de chaleur, le nom de Marzy-Souvignon, à dix-huit kilomètres de Souville. Marzy, la dernière étape d'où elle s'élancerait vers son destin. Mais le destin l'attendait là.

Elle y parvint beaucoup plus tard qu'elle n'avait espéré, après avoir poussé sa bicyclette à la main au long d'interminables côtes. Décidée à ne laisser aucune trace, aucun souvenir de son passage, elle entra dans un petit bois de sapins, s'étendit sur un épais lit d'aiguilles qu'une roche surplombante avait protégé contre la pluie. L'effet de la piqûre faite cinq heures plus tôt l'empêchait de sentir la faim et elle s'efforça en vain d'achever le dernier sandwich qui lui restait des provisions faites à Paris. Puis elle feignit, pour elle-même, de s'absorber dans la lecture d'un insipide roman policier. Soit que la fatigue la préservât de penser, soit que son imagination saturée d'images funèbres, ne fût capable désormais d'en produire que de riantes, les heures qui suivirent passèrent comme un rêve dans une sorte de paix extraordinaire, et elle devait se souvenir d'elles, aux moments terribles si proches, comme des meilleures de sa vie.

Sortant de sa cachette, elle vit le ciel pâle vers l'Orient, tandis que vers l'Occident les nuages gris, chassés par le vent, se teintaient de cette couleur violâtre indéfinissable, écœurante, évoquant à la pensée on ne sait quelle inavouable nostalgie. Craignant la traversée du village, elle s'engagea une fois de plus dans une rue étroite, bordée de hangars et de terrains vagues, et elle lut tout à coup le mot

Poste sur une masure désolée, entourée par la fantaisie de quelque entrepreneur officiel d'une manière de péristyle de pierres branlantes. Elle crut habile de confirmer son mensonge du matin, demanda l'Hôtel de la Gare à Bragelonne, et presque aussitôt reconnut la voix de la grosse dame qui demanda, lui facilitant son mensonge :

— C'est vous, mademoiselle Irène ? Vous téléphonez de Soltéroz ?

— Oui, madame. Je suis à Soltéroz.

— Hein ? Elle est à Soltéroz. (Elle crut entendre la vieille dame échanger ces mots avec un interlocuteur mystérieux et elle redouta le temps d'un éclair qu'une parole imprudente de l'employée n'eût rendu flagrant son mensonge. La fin de la phrase la rassura.)

— Pardon, j'avais compris Zulma. Bon. A quelle heure rentrerez-vous ?

— Je ne sais pas encore. Peut-être ne rentrerai-je pas du tout. J'aimerais autant couper à la visite de... de qui vous savez... Il n'y a personne près de vous ?

La réponse lui assena comme un coup de massue.

— Si. Un collègue. Un voyageur de la maison Fremiquet de Lyon, qui est arrivé de Grenoble, en auto, dix minutes après votre départ, et qui fait à peu près la même tournée que vous.

Les deux voix reprirent à quelque distance de l'appareil, puis celle de l'inconnu commença sur un ton enjoué, mais d'une assurance positive.

— Allô, je regrette de vous avoir manquée ce matin, mademoiselle. Si ma voiture peut vous être utile...

D'un doigt Mme Alfieri avait abaissé le crochet, puis elle rétablit la communication juste le temps de prononcer quelques « Allô, allô, monsieur ». Trois fois elle feignit ainsi d'être coupée par une employée étourdie, ne laissant parvenir aux oreilles de son interlocuteur que des lambeaux de phrases impossibles à interpréter dans un sens ou dans l'autre, puis, sur une dernière injure du jeune homme à la préposée négligente et un appel désespéré à une surveillante problématique, elle coupa définitivement. La sueur ruisselait de son front et elle surprit avec une terreur mêlée de colère le clignement d'yeux de l'unique préposée. Avait-elle surpris sa ruse ou s'étonnait-elle seulement de son visage bouleversé ?

132

Elle renfourcha rageusement sa bicyclette, contourna le village par un chemin si pierreux qu'elle finit par s'arrêter haletante et, pour rejoindre la route qu'elle apercevait en contrebas, traversa un champ non labouré encore, dont les éteules aiguës blessèrent cruellement ses pieds. A la réflexion le dernier accident qui l'avait tant émue apparaissait insignifiant, négligeable, du moins jusqu'à son retour chez Mme Hautemulle, qu'elle était d'ailleurs libre de différer jusqu'au départ de l'importun. Nul doute que ce voyageur ne retournât samedi soir à Saint-Etienne, plus tôt peut-être. En somme si la chance depuis quelques heures avait paru plusieurs fois lui manquer, elle n'avait, par un hasard extraordinaire, fait aucune rencontre fâcheuse ou seulement suspecte. Le chemin qui lui restait à parcourir jusqu'au col de Maupeou et dont chaque détour était gravé dans sa mémoire, car elle l'avait fait deux fois, devait être vraisemblablement plus solitaire encore. Mieux valait, d'ailleurs, qu'elle attendît sur place, ici même, les premières heures du crépuscule. En calculant au plus juste, elle arriverait sûrement au col à la tombée de la nuit. Peut-être abandonnerait-elle là sa machine pour entrer dans le parc du côté le moins accessible ? De toute manière, elle était résolue maintenant à tenter le hasard d'une entrevue dont l'issue dépendrait des circonstances et de son courage. Dans l'ivresse de la fatigue, car elle ne sentait pas encore le froid sous l'épais gilet de laine, il lui semblait qu'il eût suffi d'un effort presque imperceptible pour que la scène qu'elle allait vivre se dessinât tout à coup à ses yeux comme sur un écran magique. Que lui manquait-il donc ? Elle fit encore quelques pas, découvrit sur sa droite un hangar abandonné à l'abri duquel elle alla s'asseoir, sa machine appuyée contre le mur. Déjà elle n'était plus maîtresse de résister longtemps au monstre dont la faim, jamais tout à fait assouvie, venait de s'éveiller presque à son insu. Les doigts se refermèrent d'eux-mêmes, en frémissant, sur la seringue et sitôt qu'elle l'eut retirée de l'étui, ils se mirent à trembler tout à fait... Ils tremblèrent encore longtemps, jusqu'à ce que les millions de cellules avides fussent de nouveau imprégnées, imbibées du délectable poison. A ce moment, elle n'eut pas besoin de fermer les yeux, elle crut sentir comme d'habitude son regard se retourner lentement vers cet univers intérieur chaque fois exploré, conquis, et chaque fois toujours aussi mystérieux, toujours nouveau. Il semblait alors que le monde réel ne parvînt à sa conscience qu'au travers d'une fente étroite, semblable à celles qui laissent passer une seule raie de lumière par une persienne close. L'image de gros nuages livides roulant dans le ciel, et la plainte de plus en plus aiguë du vent continuaient d'accompagner son rêve.

A cinq heures, disait Mainville, quelque temps qu'il fasse, Mme Louise descend au village avec la bonne. Elle va lire à l'église son office de la Vierge, selon une des règles de son ordre dont la sécularisation ne la dispense pas. Cette oraison quotidienne ne dure jamais moins d'une heure, souvent plus. Pendant ce temps, la domestique va porter le courrier à la poste et fait quelques courses insignifiantes, car Mme Louise se réserve de passer elle-même les commandes que le fils de l'épicier livrera le lendemain au château, corvée pour laquelle il reçoit dix sous. Chaque jour la dame de Souville reste ainsi seule et, dit encore Mainville, elle emploie ce moment de liberté au classement de sa correspondance, loin du regard curieux de sa terrible favorite...

Deux heures. Il n'en faudrait pas tant pour... car elle ne perdrait pas une minute. La vieille dame la regarderait avec méfiance par-dessus ses lunettes. « Madame... » commencerait-elle. Mais elle sait bien d'avance que cet entretien imaginaire n'aura pas lieu. L'image féroce repoussée aux moments lucides, délivrée par le poison, apparaît brusquement. Seulement elle ne la reconnaît plus. La scène tant de fois vécue par la pensée n'est plus qu'une sorte de mêlée confuse où elle ne parvient pas à distinguer, à surprendre le geste fatal. Au prix d'un effort d'attention immense, elle reconnaît le gravier de l'allée, les dalles de pierre qui font une chaussée, par les jours de pluie, à la maison grise, permettant d'en faire le tour à sec... Mais ce qui s'est passé derrière ces murs, elle ne s'en souvient plus. Il lui semble que la maison grise recule à une vitesse vertigineuse, s'enfonce. Dieu ! est-il vrai que la chose est faite, accomplie, oubliée ?... Comme la nuit est noire, noire et douce !... Par une portière ouverte elle croit voir fuir dans le ciel ténébreux la colonne de fumée que tord le vent de la course et qui s'éparpille en flocons d'écume au-dessus de la campagne endormie. Le puissant bercement du rapide, l'air qui siffle contre les flancs d'acier aussi lisses que les parois d'un navire, le grésillement monotone des ampoules électriques, le ronron de la vapeur surtendue à travers les tubes invisibles la bercent sans l'endormir. Retrouvera-t-elle bientôt, dans quelques heures, le gracieux amant, jamais sûr, ses yeux puérils, ses longues mains perfides, son jeune corps plus frais que celui d'une femme ?... N'importe. Il suffit que l'obsession ait pris fin de cette chose depuis tant de mois inévitable, nécessaire. Elle n'en éprouverait d'ailleurs nul remords : c'était contre elle-même et non contre la ridicule petite vieille qu'elle avait commis ce crime, elle en était la véritable victime. La sourde révolte de sa vie manquée, la haine lentement mûrie au cours de ces dix années de pauvreté, d'humiliation, de doute de soi, le terrible travail d'une imagination embrasée par le poison favori et que le sombre génie de Ganse savait exaspérer jusqu'à l'hallucination, jusqu'au délire, tout cela devait aboutir au crime, tout cela était déjà ce crime même. Et maintenant...

L'illusion n'avait jamais été si forte qu'elle n'en gardât une vague conscience. Quoi ! la chose n'était pas encore accomplie : elle allait l'être. Se relevant d'un bond, elle saisit sa machine et franchit le talus si brusquement, tête basse, qu'elle faillit pousser un cri de terreur en voyant tout à coup à ses pieds en travers de la route une ombre noire, immobile. C'était celle d'un prêtre debout contre un tronc d'arbre. Il paraissait d'ailleurs aussi surpris qu'elle et dans un geste de défense ou de politesse porta la main à la hauteur de son front.

— Je vous demande pardon, dit-il.

L'élan l'avait portée si près de lui que le sang-froid lui manqua de se dérober sans répondre.

— Je réparais un de mes pneus, dit-elle sans réfléchir, comme si elle eût cru nécessaire de justifier sa présence. Et croyant en finir plus tôt avec ce fâcheux compagnon, elle ajouta étourdiment :

— D'ailleurs me voici arrivée.

Une fois de plus la réponse fut bien différente de ce qu'elle attendait.

— Je rentre aussi, dit-il.

La fable du pneu crevé rendait toute fuite impossible ou du moins suspecte. Elle préféra le suivre jusqu'au village, la rage au cœur.

— Madame habite sans doute Fillières, reprit-il après un silence.

Elle n'osa mentir.

— Non, monsieur l'abbé, dit-elle. Je m'en vais seulement passer la journée de demain avec une parente. Et vous ?

— Oh ! moi non plus. Je viens d'assez loin même, de Grenoble. Un stupide contretemps m'a retenu ici depuis ce matin.

Le visage qu'il venait de tourner franchement vers elle n'était certes pas indifférent. C'était celui d'un jeune prêtre à l'expression encore enfantine et pourtant marquée d'une tristesse indéfinissable. Le regard surtout, qu'il appuya sur le sien, la fit pâlir.

— Il m'arrive une aventure bien fâcheuse, continua-t-il de sa voix calme, un peu chantante. Je devais rejoindre cet après-midi mon nouveau poste et j'ai eu l'étourderie de manquer le départ de l'autobus, la patache comme ils disent ici. Par bonheur, un monsieur très aimable, descendu au même hôtel que moi, m'a proposé de m'y conduire dans sa voiture. Seulement, je dois l'attendre une heure ou deux, j'arriverai sans doute très tard.

Il eut cette petite toux qui chez les timides annonce et prépare les confidences. Mais Simone l'écoutait à peine, les yeux fixés sur les premières maisons du village au bout de ce long ruban de route qu'elle avait parcouru si vite et qui lui semblait maintenant interminable. Entendit-il le soupir d'impatience qu'elle ne réprima que trop tard ? Il ralentit le pas et dit sur le ton d'un écolier pris en faute :

— Peut-être suis-je indiscret de...

— Pas du tout, répliqua-t-elle en s'efforçant de sourire. Vous voyez que je dois traîner ma machine et vous ne me retardez nullement.

Il fit encore quelques pas, visiblement préoccupé de revenir au sujet qui l'absorbait.

— C'est une aventure regrettable, ridicule même. Mais comment croire qu'à une si petite distance des villes une contrée puisse être aussi mal desservie ? Et ma malchance veut encore que mon confrère de Fillières soit absent, appelé près de sa mère malade. Le connaissez-vous ?

— Oui, répondit-elle au hasard, c'est-à-dire peut-être un peu...

Elle sentait son regard fixé sur elle, ce même regard qui un moment plus tôt l'avait troublée d'une manière inexplicable. Pour éviter une nouvelle question embarrassante que son mensonge risquait de provoquer, elle ajouta en hâte :

— Le ministère paroissial doit être par ici très ingrat, très dur ?

— Comme partout, madame, répliqua-t-il avec effusion. Evidemment il y a de bonnes âmes, mais notre solitude est pénible.

— Elle a des consolations aussi, dit-elle sur ce ton que certaines habitudes de sa vie lui avaient rendu familier et qu'elle retrouvait d'instinct en face d'un prêtre, quel qu'il fût.

— Des consolations... oui, sans doute, approuva-t-il en hochant la tête, avec un accent si pareil au sien qu'en dépit de son impatience elle faillit éclater de rire. Oh ! la persécution n'est pas à craindre, l'indifférence plutôt... L'indifférence est la plaie de nos campagnes. Vous connaissez ce pays ?

— Un peu...

Elle ne pouvait réussir à lui faire hâter le pas. Mais il continuait de sa voix tranquille et dès qu'elle détournait la tête, elle croyait littéralement sentir le poids de son regard sur son front, sur ses lèvres. Pourquoi cette crainte ? Elle la jugeait d'ailleurs injustifiée, la mettait au compte de ses nerfs malades, mais ce qui lui sembla plus inexplicable encore, c'était l'étrange pitié ou au moins ce qu'elle appelait de ce nom, bien qu'elle y découvrît aussi une sorte de répulsion involontaire, pareille à celle qui vous écarte d'un être mort — jadis aimé — l'absurde compassion qui lui serra le cœur tandis qu'il continuait sur le même ton de confidence naïve :

— Le professorat est une mauvaise école pour un futur curé. Voyez plutôt : dès le premier pas dans ma nouvelle carrière, je commets une faute impardonnable, je donne à rire à toute ma paroisse... Notre vie là-bas était si réglée, si douce... La solitude...

— Bah ! Vous parlez toujours de solitude. Votre paroisse a peut-être des ressources que vous ignorez. Allez,

allez, monsieur le curé, lorsqu'on a connu certaines néces-
sités très dures, on rêverait plutôt à ces paisibles presby-
tères...

— Si je ne suis pas indiscret, je...

— Je suis de Léniers, dit-elle en donnant le premier nom
venu parmi ceux qu'elle se souvenait d'avoir lus sur la
carte.

— De Léniers ! s'écria-t-il.

— C'est-à-dire que j'y suis née, mais... mais j'y reviens
de temps en temps, concéda-t-elle, au comble de l'énervement.

— De Léniers, quelle rencontre extraordinaire ! Le poste
est aussi vacant... Vous y verrez bientôt un ami à moi, un
camarade du séminaire de Montgeron. Car, je dois vous
l'avouer, je n'appartiens pas à ce diocèse où la bonté de
Son Excellence m'a appelé. J'ai dû quitter le mien pour
des raisons personnelles, un malentendu, bref une de ces
petites contrariétés qui dans notre vie prennent trop souvent une importance excessive. Et je ne m'en repens pas,
puisque mes supérieurs me confient aujourd'hui une
paroisse intéressante, une très bonne paroisse, m'affirme-
t-on. Si je connais Léniers ! L'ancien curé passait pour un
homme très remarquable.

— Très remarquable, fit-elle sèchement.

— J'en ai rêvé aussi parfois, dit-il avec un rire d'enfant.
J'ai même la photographie de mon presbytère dans ma
poche, sur une carte postale et s'il faisait un peu moins
sombre... Je sais même le nom de la vieille bonne, figurez-
vous. Une femme très bonne, très méritante, qui s'appelle,
attendez, oui, c'est cela : Céleste, Mme Céleste... J'espère
que nous nous entendrons bien.

Elle sentait toujours le regard du jeune prêtre fixé sur
elle tandis qu'il continuait son innocent bavardage et elle
ne cherchait même plus un nom à l'émotion douce et poignante qui lui faisait monter les larmes aux yeux. « Où l'ai-
je vu ? » se demandait-elle sans conviction, mais avec le
vague espoir que sa mémoire finirait par répondre à l'appel, fournirait une explication plausible, non à cette rencontre bizarre mais au trouble qui l'agitait. A ce moment,
il ralentit encore le pas et elle se trouva tout à coup, au
détour d'une ruelle sombre, sur le seuil de l'hôtel en pleine
lumière.

— A Dieu, monsieur l'abbé, balbutia-t-elle stupidement. Bon voyage.

Pour ne pas lui tourner le dos, échapper d'un bond à l'aveuglante clarté qui au travers des hautes glaces illuminait toute la largeur de la rue, elle dut faire un effort immense. Il lui sembla que la réponse ne viendrait jamais.

— A Dieu, madame, fit-il enfin.

Sa voix tremblait, un peu comme celle d'un homme qui hésite à poser une question indiscrète. Le brusque congé de son interlocutrice l'avait visiblement frappé de stupeur. Il avança maladroitement sa main gantée de filoselle noire.

— Je vous présente mes respects, dit-il.

Elle n'osa pas quitter la place avant d'entendre se refermer la porte, mais elle feignit d'examiner sa machine, tournant le dos à la vitre éclatante. Puis elle se perdit dans la première rue venue, marcha longtemps. N'eût été l'excitation de la piqûre, elle n'aurait pas à ce moment trouvé le courage de continuer sa route et le souvenir de cette hésitation suprême, à la minute décisive, devait la torturer jusqu'à la fin.

Ganse n'avait pas menti : sa curiosité du prêtre est toujours aussi vive qu'à douze ans, lorsque tyrannisée par son oncle de Saumur, tailleur pour ecclésiastiques et marguillier de sa paroisse, elle se croyait amoureuse du beau vicaire, et pensait défaillir chaque dimanche lorsque, tapie le plus près possible de la chaire, elle voyait sur l'appui de velours grenat aller et venir les belles mains, tandis que la voix pathétique s'enflait pour écraser de hautaine ironie un contradicteur imaginaire, et savait si savamment décroître et mourir sur la dernière syllabe du mot amour. Et ce n'est pas un homme comme nous, aimait à répéter l'oncle, qui peu scrupuleux sur la messe et les sacrements, tenait à sa clientèle. Non. Ce n'était pas des hommes comme les autres. Personne n'eût su comme le vieil archiprêtre passer doucement la main sur ses joues en la perçant d'un regard qui la hantait encore aujourd'hui à son insu. Qui sait ? Bien qu'elle ne se sentît alors aucun goût réel pour la piété, du moins telle que l'entendent la plupart des femmes, elle a d'ailleurs toujours éprouvé pour les religieux un souverain mépris et comme une répulsion physique, peut-être eût-il suffi qu'un de ces demi-dieux... Mais ils ne lui dispensaient que la théologie du catéchisme, à laquelle elle s'est fermée une fois pour toutes, car elle la confond avec celle du manuel civique, et toute loi lui a fait horreur bien avant qu'elle en comprît le sens. Et c'est justement parce que son instinct l'a déjà convaincue qu'elle est née hors la loi, hors de toutes les lois, qu'elle souhaitait confusément rester dans ce monde mystérieux où il n'est d'autre règle que le bon vouloir de Dieu, ses préférences mystérieuses, l'adorable iniquité d'une toute-puissance qui se fait miséricorde, pardon, pauvreté. Mais c'eût été trop demander à la sagesse du vieux doyen saumurois, qu'inquiétait plutôt le regard trop pensif, dont l'expression semblait parfois stupide, car elle ne traduisait qu'avec une extraordinaire lenteur les mouvements de l'âme — toujours en retard sur la pensée. Un seul de ses vicaires, Breton de Nantes égaré dans ce diocèse angevin — moins par clairvoyance que par ce naïf enthousiasme des perspicacités sacerdotales qui va parfois si loin dans le secret des âmes et que développe avec tant de soin la tradition cléricale qui a fait longtemps la force et la faiblesse de l'Eglise gallicane — avait failli ouvrir cette petite âme, tour à tour et parfois tout ensemble avide et méfiante. Mais l'entreprise apparut vite dangereuse à ses supérieurs, et peut-être l'était-elle en effet. De ces longs entretiens interrompus par de plus longs silences, au fond de la petite sacristie provinciale qui sent la cire, l'encens, l'eau croupie, elle avait gardé, à défaut de la foi perdue, avec une singulière expérience de cette conversation réservée, la nostalgie de la confession. Ce mensonge fondamental dont elle n'avait jamais eu sans doute une claire conscience, chaque année le scellait en elle si profondément qu'elle n'eût réussi seule à l'atteindre. Car la confidence, hélas ! n'ajoute le plus souvent qu'un mensonge à d'autres mensonges, et qu'attendre d'une sincérité désespérée, empoisonnée par la honte ? Une certaine sorte d'humilité sacramentelle peut seule empêcher de pourrir la plaie creusée au cœur par l'arrachement de l'aveu.

Mais une telle humilité ne va pas sans un total refus de soi-même, sinon sa vaine recherche risque de donner à une vie déjà médiocre un caractère particulier d'avilissement. De toutes les vertus, l'humilité est celle qui se corrompt le plus vite et l'orgueilleux qui a goûté une fois de ce fruit décomposé connaît le goût du malheur et de la honte que rien ne saurait rassasier ici-bas, que tout le feu de l'abîme ne consuma pas au cœur féroce de Satan. Contre cette monstrueuse dépravation de l'amour de soi, Simone avait dû longtemps se défendre, et plus d'un de ces prêtres errants qui poursuivent à travers le monde, de dîner en dîner, au prix d'une fatale dyspepsie, de problématiques miracles, qui faute de mieux se bourrent de curaçao et de petits fours, grandement édifiés par sa docilité, sa déférence, sa parfaite connaissance des mystiques à la mode que tant de jolies bouches se vantent d'avoir lus sans les avoir d'ailleurs jamais ouverts, virent en elle une proie facile. Mais si grande que soit la naïveté de tels pêcheurs d'âmes, elle les avait éloignés peu à peu, les uns et les autres, par on ne sait quoi de dur que sa duplicité naturelle ne pouvait longtemps celer, et qui effrayait les pusillanimes, habitués à tirer dans leurs filets un inoffensif fretin. La retentissante apostasie de l'abbé Connétable devait d'ailleurs la compromettre irrémédiablement, car on la savait son amie, ou peut-être quelque chose de plus. Comme il arrive à ceux que la curiosité mène au seuil de la foi et qui prétendent jouer impunément des seuls sentiments plus terribles, en dépit des apparences, que ceux des démons de l'âme, elle avait pris le goût des prêtres suspects, et ne s'en cachait pas. Elle les préférait aux autres parce qu'elle reconnaissait en eux, bien qu'approfondie par un remords dont elle ne pouvait imaginer la virulence, la même tristesse stérile, le même ennui vague et indéterminé, caressant. Car il est peu de mauvais prêtres qui répondent à l'image qu'en donnent volontiers les écrivains bien-pensants, intéressés à les peindre coutumiers du parjure, du vice et de l'impiété. Plus d'un, au contraire, a trouvé dans la rupture définitive avec le passé et dans l'expérience des sens une paix terrible.

— J'aurais dû ne pas le quitter si brusquement, se disait-elle tout en roulant péniblement sur la route en lacet qui, par six kilomètres de pente douce mais continue, monte jusqu'au col de Sabire.

Elle avait beau fouiller sa mémoire, elle ne pouvait se souvenir d'avoir jamais vu ce jeune prêtre, d'ailleurs vraisemblablement sorti depuis peu du séminaire. Et l'avoir rencontré par hasard, cette circonstance n'eût pas justifié encore l'impression extraordinaire causée par ce visage enfantin, ce regard, cette voix. « Il n'a rien dit et d'ailleurs moi non plus », se répétait-elle. Cette vaine assurance n'apaisait pas son angoisse. Le danger obscur qu'elle sentait proche, n'était pas dans le passé, mais dans le présent. Mais alors ? Au haut de la côte de Frangy, où l'on découvre une dernière fois le petit village dont elle commençait de voir briller les lumières dans le crépuscule, elle sauta de sa machine, la tourna comme malgré elle, resta un moment le cœur battant, comme poussée dans le dos par une force irrésistible. Une seconde de plus, et elle dévalait la pente, retournant là-bas, jusqu'à cette salle éclatante, à peine entrevue, où il devait l'attendre. Car n'avait-elle pas cru voir dans ses yeux la même pensée, la même interrogation muette, elle ne savait quoi de suppliant, appel ou reproche ? Ne lui eût-il parlé qu'un instant, cela eût suffi sans doute à la sauver, à rompre le charme. Il était rare qu'elle ne cédât point à ces sortes de terreurs superstitieuses que l'abus de la morphine rendait chaque jour plus tyranniques. Mais cette fois elle y vit le prétexte d'une lâcheté qui réveilla brusquement son orgueil. Elle retourna de nouveau le guidon de sa bicyclette.

XI

La nuit était tout à fait tombée, lorsque, parvenue au haut de la longue côte de Gesvres, elle aperçut les rares lumières du petit village. L'énorme masse de brume, maintenant immobile, que les derniers remous du soir avaient amassée dans la vallée ainsi qu'un fleuve invisible, les faisait paraître à une distance prodigieuse. Mais dès que Simone se fut engagée sur la pente boisée, pénétrant sans le savoir dans cet air saturé, l'illusion prit fin : elle se trouva brusquement beaucoup plus près qu'elle n'eût pensé de la lisière du parc, dont la futaie se détachait en noir sur le fond grisâtre du taillis où luisaient encore, par places, les immenses dalles polies par les eaux et qu'elle avait prises d'abord pour des flaques laissées par la pluie.

Elle s'aperçut alors qu'elle avait dépassé sans l'apercevoir le chemin pris la dernière fois et préféra ne pas perdre son temps à sa recherche. Ses yeux, habitués à l'obscurité, trouvaient aisément le passage à travers les jeunes sapins clairsemés : en continuant tout droit sa descente, elle devait nécessairement rejoindre la route de Dombasles, presque parallèle à celle qu'elle venait de quitter. Mais elle eut l'idée de faire un large crochet vers la droite pour éviter une maisonnette surgie inopinément et qu'elle avait prise de loin pour une de ces roches recouvertes d'un lichen livide. Adossée à un véritable mur de granit qui ne laissait qu'un étroit passage où elle dut s'engager, le cœur battant, cette masure semblait enfoncée à demi dans la terre, ainsi qu'un navire échoué. A travers la cloison de planches de l'étable, communiquant sans doute avec la salle — comme il est d'usage en pays montagnard — elle entendit distinctement une voix glapissante de vieille femme, gourmandant un roquet invisible qui de l'autre côté secouait furieusement sa chaîne, avec cet aboiement suraigu qui exprime l'impatience, le reproche presque humain du chien de garde impuissant à se faire comprendre d'un maître sourd aux avertissements de la nuit. Elle resta un moment, tapie dans un angle du mur, n'osant avancer ni reculer, puis elle fonça délibérément dans les ténèbres. Les aboiements redoublés de la bête durent couvrir le bruit des branches sèches et des pierres roulantes, jusqu'à ce qu'un repli de terrain lui dérobât la vue de cette maison mystérieuse dont elle chercha vainement le reflet dans la mare. Il lui était impossible de dire comment, à quel instant, l'aboiement du chien s'était tu. A une si faible distance et dans un air si pur que le bruit même de son propre souffle y éveillait comme une sorte d'écho sonore, par quel miracle n'entendait-elle plus rien, pas même le grincement des chaînes ? Ce silence inexplicable semblait la pénétrer jusqu'aux os. Elle se retint difficilement de le rompre, ne fût-ce que par un faible appel, un mot prononcé à voix basse. La route étroite luisait à ses pieds...

A ce moment, dégrisée par la peur, l'absurdité de son entreprise, la certitude de l'échec lui apparurent de nouveau avec une telle force d'évidence qu'elle ferma les yeux comme sous un choc en pleine poitrine, étouffa un gémissement. Le désespoir seul avait pu l'amener jusque-là — un désespoir dont elle n'avait jamais eu qu'à de rares minutes une claire conscience — désespoir sans cause et sans objet précis, d'autant plus redoutable qu'il s'était lentement infiltré en elle, imprégnant ainsi qu'un autre poison plus subtil chaque fibre de sa chair, courant à travers ses veines avec son sang. Nulle parole n'eût pu l'exprimer, nulle image lui donner assez de réalité pour frapper son intelligence, tirer sa volonté de son engourdissement stupide. A peine se souvenait-elle de l'enchaînement des circonstances, liées entre elles par la logique délirante du rêve, qui l'avait entraînée jusque-là, et pour quel dessein elle y était venue. Le seul sentiment qui subsistât dans cette horrible défaillance de l'âme était cette sorte de curiosité professionnelle apprise à l'école du vieux Ganse. Comme à ces tournants d'un livre où l'auteur ne se sent plus maître des personnages qu'il a vus lentement se former sous ses yeux et reste simple spectateur d'un drame dont le sens vient de lui échapper tout à coup, elle eût volontiers tiré à pile ou face un dénouement, quel qu'il fût. L'angoisse qu'elle ne réussissait pas à dominer ne ressemblait d'ailleurs pas à celle de la crainte : c'était plutôt la hâte d'en finir coûte que coûte, une sorte d'impatience, si l'on peut donner ce nom à la fureur sombre, implacable, qui se fût aussi bien tournée en ce moment contre elle-même.

Ses mains tremblaient si fort qu'elle eut beaucoup de mal à soulever sa machine pour franchir le fossé peu profond qui sert de clôture au parc de Souville. Trompée par l'obscurité de la haute futaie, elle crut dissimuler assez la bicyclette en l'enfonçant de quelques pieds dans la broussaille, et commit encore l'imprudence de la laisser dressée contre le tronc d'un pin. Ne prenant même pas la peine d'éviter les pierres branlantes qu'elle entendait rouler bruyamment derrière elle sur la pente, elle atteignit l'allée principale où elle s'engagea aussitôt, sans autre souci que d'atteindre au plus vite la maison maintenant toute proche, absolument comme si elle eût été une visiteuse ordinaire. Et peut-être en ce moment était-elle cette visiteuse, en effet. Mais une rencontre inattendue allait décider de son destin.

Les mains étendues en avant pour éviter les branches basses qui secouaient sur ses épaules, au passage, une poussière d'eau, elle déboucha brusquement de la futaie, se dirigeant droit vers le perron, avec une sûreté de somnambule. Et déjà ses pieds s'enfonçaient jusqu'à la cheville dans l'herbe gluante de la pelouse, lorsqu'une voix la cloua sur place.

Comme par miracle, elle se retrouvait à la même heure, au même endroit d'où elle avait vu déjà, un soir de la dernière saison, descendre vers le village les deux ombres falotes qu'elle reconnut à l'instant — la silhouette ronde, un peu voûtée, de Mme Louise, l'autre plus menue encore, sautillante, de la bonne qui, à quelque distance en arrière, se hâtait pour rejoindre la première. Simone laissa tomber son sac, pressa des deux mains sa poitrine, y enfonça cruellement ses dix griffes, et ce fut peut-être la douleur aiguë de cette sauvage caresse qui préserva, en cet instant, sa raison. Une seconde encore — une interminable seconde — elle attendit, ainsi qu'au plus creux du songe, le sursaut précurseur du réveil. Mais le spectacle qu'elle avait sous les yeux ne ressemblait en rien, hélas ! aux capricieux paysages du songe. Le crépuscule même, avec ses dernières lueurs louches, ne lui enlevait rien de l'équilibre, de la stabilité du réel. En vain, les voix s'étaient tues, les deux silhouettes fondues dans la nuit, elle ne réussissait pas à douter de leur existence. Elle restait là, une main sur les lèvres, luttant contre une espèce de nausée, moins effrayée qu'écœurée par ce sinistre caprice du hasard.

Elle marcha lentement jusqu'au perron, poussa des doigts la porte qui, après avoir obéi un moment à la pression parut heurter contre un obstacle, revint brutalement frapper contre le chambranle. Glissant sa main dans l'ouverture, elle s'aperçut qu'une chaîne attachait la poignée de cuivre à un simple crochet fixé au mur. Elle le détacha facilement et avec si peu de précautions que les lourds maillons d'acier retombèrent avec bruit contre le panneau sonore.

Les semelles glissaient sur le carreau du vestibule, et dans la tiédeur de cette maison toujours close où se retrouvait au cœur de l'extrême automne quelque chose de l'âcre odeur de l'été, elle frissonna, claqua des dents, s'aperçut qu'elle était trempée jusqu'aux os. Sa robe collait à ses jambes, à ses cuisses, et à chaque mouvement des épaules un filet glacé coulait le long de ses reins. A la clarté d'une ridicule petite lampe, coiffée d'un abat-jour rose et placée très haut sur une étagère, un miroir lui renvoya l'image d'une sorte de mendiante hagarde, avec ses mèches pendantes, ses yeux fous, et dans tout son corps, à peine visible dans l'ombre, elle ne savait quoi de féroce et de sournois, l'attitude ramassée d'un animal prêt à l'esquive, à la fuite ou au bond. L'image même du crime.

D'un geste devenu aussi instinctif qu'un geste d'attaque ou de défense, elle porta la main à la poche doublée de peau. Tel était l'appel impérieux du monstre tapi en elle, soudain réveillé par l'angoisse, que l'idée ne lui vint même pas de quitter cette place dangereuse : c'était là même, à l'instant, qu'il fallait tenter la dernière chance, imposer silence à la bête affolée. Du bout des dents, elle fit sauter une extrémité, puis l'autre, de l'ampoule de verre, et commença d'en verser le contenu, mais elle sentit soudain, avec un soupir de terreur, la seringue brisée sous ses doigts, tandis que le précieux liquide inondait ses mains. Rageusement, elle jeta les débris par-dessus les marches du perron.

Quoi qu'il arrivât désormais, elle se sentait hors d'état d'affronter la présence de la vieille dame, et d'ailleurs, si incapable qu'elle fût en ce moment de prêter attention à autre chose qu'aux images de son sauvage délire, si longtemps liées entre elles, emportées maintenant pêle-mêle ainsi que des épaves poussées par le flot, la folie d'une telle entrevue lui apparaissait plus nettement que le matin. Mais cette conscience même, encore vague et confuse, achevait d'ébranler ses nerfs, lui enlevait toute énergie, toute pensée, tout espoir d'échapper au déroulement inexorable du cauchemar où elle était entrée par défi, d'où elle ne s'évaderait plus. Si elle eût cru avoir quelque chance d'être entendue par la vieille femme sourde, séparée d'elle par l'épaisseur des murs, elle l'eût appelée tout de suite, pour en finir. Car entre tant d'hypothèses absurdes, la fuite lui semblait à présent la plus absurde de toutes. A une certaine limite de l'exaltation nerveuse, lorsque l'épouvante même a comme trouvé son point d'équilibre — une effrayante immobilité — le plus puissant instinct de l'être vivant, celui de sa propre défense, semble aboli en effet. Il ne s'agit plus alors, pour le misérable, d'échapper à sa douleur ou à son angoisse, mais de l'épuiser. Toute folie, à son paroxysme, finit par découvrir dans l'homme, ainsi que la dernière assise de l'âme, cette haine secrète de soi-même qui est au plus profond de sa vie — probablement de toute vie.

Elle restait debout, face à son image, aussi incapable d'avancer ou de reculer qu'une somnambule qui s'éveille au bord d'un toit. La glace usée ne laissait paraître qu'une sorte de nappe diffuse, rayée d'ombre, où elle croyait voir descendre et monter sa face livide, ainsi que du fond d'une eau trouble. Un instant même, elle la chercha en vain. Elle ne distinguait plus que ses deux mains pendantes, ouvertes, pareilles à deux pâles fleurs vénéneuses, où éclatait la tache rouge des ongles. Du visage, plus de trace. Elle recula légèrement, pencha la tête à droite et à gauche, absorbée dans sa recherche. A mesure qu'elle pivotait ainsi sur ses talons, la perspective des dalles noires et blanches tournait sournoisement avec elle, l'escalier monta lentement dans le miroir avec sa pomme de cuivre, le halo rose de sa lampe, la haute muraille nue, et brusquement... Dieu !

La vieille dame semblait penchée sur une marche, ainsi qu'un funèbre oiseau. Son châle, ayant glissé d'une de ses épaules, traînait jusqu'à terre, l'autre pan, recouvrant la rampe, dissimulait sa main gauche, tandis que la droite, élevée à la hauteur de sa joue, restait inexplicablement suspendue, comme attachée à un fil invisible. Jamais Simone ne l'eût crue si petite. Son visage cerné par la nuit ne semblait pas plus gros qu'un poing d'homme, et ses yeux grands ouverts avaient l'éclat dur et froid de deux minuscules billes de jais.

Etait-elle là depuis longtemps ? Non, sans doute. Mais l'immobilité de cette effrayante poupée, arrêtée net dans un geste de vaine, d'impuissante colère, était telle que Simone eut l'impression de l'avoir surprise à son gîte, à la place même d'où elle l'avait épiée dès le premier pas sur le seuil de la maison maudite. La certitude — d'ailleurs insensée — d'être dupe encore en ce moment de ce ridicule adversaire, la retint seule de fuir. Elle sentait monter de ses entrailles, avec un soulagement inexprimable, une rage grandissante, capable d'anéantir tout sentiment, toute pensée, de l'anéantir elle-même. Et dans l'attente de ce qui allait venir, de ce qui viendrait sûrement, elle examinait de bas en haut, avec une attention extraordinaire, le pâle petit visage ridé, aussi immobile qu'un masque de plâtre. Etait-il plus pâle que de coutume ? A mesure que ses yeux s'habituaient à l'obscurité, elle en distinguait mieux chaque détail, et tout à coup elle perçut que les mille rides qui le sillonnaient, aussi nombreuses que sur la peau craquelée d'un brugnon, étaient agitées d'un frisson presque imperceptible, d'une espèce de trémulation qui lui donnait quelque ressemblance avec la face indéchiffrable de certains insectes hérissés de cils et d'antennes. L'affaissement des mâchoires, en raison sans doute de l'absence du râtelier, ajoutait encore à cette effroyable illusion. Non, cette peau parcheminée ne pouvait plus rien trahir des mouvements de l'âme, elle avait déjà sa couleur d'éternité. Le rouge des pommettes y éclatait lugubrement.

Simone ne pouvait détacher son regard des deux taches de fard, que le reflet rose de l'abat-jour fonçait encore. C'était, dans cette face lugubre, comme une raillerie féroce, un rappel dérisoire de la santé, de la jeunesse. Mais elles l'attiraient aussi, elle eût voulu y porter la main, toucher de l'ongle l'enduit vernissé... Si long qu'en soit le récit, la scène n'avait duré qu'un instant. Le premier bond de Mme Alfieri venait de la porter à mi-chemin du palier où l'attendait le fantôme toujours immobile et muet. Elle demeura là encore une seconde, branlant la tête par un mouvement machinal, puis elle s'élança. Mais la main gauche jetée en avant ne rencontrant que le vide, elle tomba sur les genoux en gémissant, tandis que la lampe, roulant de marche en marche, allait s'écraser sur les dalles.

Avec une agilité surnaturelle, la dame de Souville lui tournait le dos et sans pousser un cri, sans un soupir, filait le long du mur comme un rat. Si vite que se fût relevé ce redoutable adversaire, elle lui eût échappé peut-être, car le regard de Simone passait sans l'apercevoir au-dessus de la naine courbée en deux. Par malheur une porte entrouverte dessinait sur le parquet un carré de lumière où la silhouette noire se détacha une seconde. Elles entrèrent en même temps dans la chambre.

Tout usée qu'elle était, l'extraordinaire petite vieille luttait encore pour sa vie. La surprise, l'effort énorme qu'elle venait d'imposer à ses poumons, à son cœur, à ses os l'avaient empêchée d'ouvrir la bouche — ou peut-être ménageait-elle, pour cette chance suprême, sa dernière réserve d'énergie. La brusque apparition de cette fille échevelée, hagarde, couverte de boue, sa robe trempée collée au corps, était d'ailleurs trop inattendue, inexplicable. Incapable de peur et plus encore de n'importe quelle crainte superstitieuse, son premier sentiment à la vue de l'intruse avait été une colère non moins aveugle que celle de son ennemie, non moins féroce, une de ces colères froides de vieillard qui, bien plus que la terreur de la mort ou l'instinct de conservation, avait galvanisé un moment ses faibles forces. Même quand elle sentit sur sa nuque le souffle de la forcenée, ce sang-froid qu'elle avait toujours gardé jadis, au temps de ses courses périlleuses à travers le monde, ne l'abandonna pas encore. En un éclair, Simone vit la main grise, menue comme celle d'un singe, avec ses ongles peints, lui passer sous le nez pour, d'une chiquenaude, écraser la flamme d'une de ces veilleuses, dites « Pigeon », dont le globe vola en éclats, et aussitôt elle entendit grincer la crémone de la fenêtre, tandis qu'une voix grelottante, irréelle, pareille au grincement d'une poulie d'horloge, essayait de monter peu à peu jusqu'au cri.

Elle ne pensa pas que personne n'était à portée d'entendre ce dérisoire appel. Qu'importe ! Elle ne voulait plus qu'échapper coûte que coûte à un cauchemar intolérable. Ainsi dans son enfance, elle ne pouvait voir une bête blessée sans l'achever aussitôt dans une sorte d'exaltation nerveuse, presque mystique, à laquelle les siens, attendris, donnaient volontiers le nom de pitié.

La chose se fit d'ailleurs avec la promptitude, la sûreté, l'inexorable précision des gestes de l'instinct, et dans un prodigieux silence. Le faible cri était à peine arrivé à ses oreilles, qu'elle se laissa comme tomber dessus, l'étouffa de tout son poids. L'élan les fit glisser toutes deux sur le carreau ciré chaque jour, poli comme une glace, et la main droite de Simone se posant par hasard sur un objet lourd et froid — elle sut plus tard que c'était l'un des chenets de bronze — elle frappa droit devant elle, posément, sauvagement. Le frêle corps qu'elle tenait serré entre ses jambes trembla deux fois. Tout se tut.

Elle se releva sur les genoux, dégrisée, avec un horrible soupir. Sa peau, glacée tout à l'heure, brûlait de fièvre et la même chaleur presque insupportable et qui lui parut pourtant délicieuse, circulait dans tous ses membres. Elle n'éprouvait absolument aucun remords. L'acte qu'elle venait de commettre lui était devenu brusquement comme étranger. Les prétextes qu'elle s'était donnés jadis, le péril couru par son amant, le salut d'Olivier, tout cela n'était que mensonge. Contre la ridicule victime étendue à ses pieds, elle n'avait jamais réellement senti aucune haine. La seule haine qu'elle eût vraiment connue, éprouvée, consommée jusqu'à la lie, c'était la haine de soi. Comme tout cela était clair! Pourquoi s'en avisait-elle si tard? Elle s'était haïe dès l'enfance, d'abord à son insu, puis avec une ambition sournoise, hypocrite, l'espèce de sollicitude effroyable dont une empoisonneuse peut entourer la victime qu'elle se propose d'immoler un jour. Sa révolte prétendue contre la société — qui avait trompé le vieux Ganse après tant d'autres — n'était encore qu'une des formes de cette haine. Elle ne s'était jamais pardonné, elle ne se pardonnerait jamais d'avoir échoué là où réussissaient beaucoup de femmes qui ne la valaient pas, mais qui avaient su agir, tandis qu'elle n'avait que rêvé, sans parvenir à dominer ses rêves. Ils avaient envahi sa vie, étouffé son âme, sa volonté. Depuis le premier éveil de l'adolescence, ils pompaient ses forces, épuisaient sa sève. Même si la pauvreté ne l'avait pas enchaînée au destin du vieux Ganse, la liberté n'eût retardé que de peu l'écroulement de cette vie intérieure aussi fausse, aussi truquée que ces constructions élevées en quelques semaines par les entrepreneurs d'expositions universelles. Encore ces bâtisses de plâtre ne sont-elles que posées sur un sol qui garde au-dessous d'elles sa solidité, sa force. Au lieu que les mensonges, volontaires ou non, étaient sortis de sa propre substance, étaient sa substance même, ainsi que les hideuses proliférations du cancer. Loin de la sauver, le travail n'avait fait que surexciter jusqu'au paroxysme la faculté maudite, le noir génie qui devait peu à peu dévorer son âme. L'expérience de l'invention littéraire, de son mécanisme en apparence mystérieux mais au fond sommaire, presque grossier, l'avait éclairée tout à fait — la suprême illusion s'était effacée, en même temps que le dernier espoir. Ce qu'elle appelait désormais sa vie méritait-il encore ce nom? Pouvait-elle même se flatter d'avoir jamais vécu? Que les autres crussent en elle, qu'importe! Elle n'y croyait plus. Et voilà qu'elle s'avisait brusquement que l'idée du crime — on n'oserait dire la tentation — lui était venue au moment précis où elle s'était vue elle-même jouant ses rôles, avait cessé d'être dupe — si peu que ce fût — de ses propres grimaces. Oui, elle s'était crue à peine distincte, à peine plus réelle — ou moins vivante peut-être — que les personnages qu'elle sentait grouiller comme des larves au fond de ses ruminations monotones, et que la puissante volonté de Ganse réussissait seule à tirer de ses limbes. De tous les moyens qu'elle avait imaginés pour sa délivrance, le crime restait le dernier à sa portée, à la mesure de sa révolte impuissante. La victime comptait peu. Le mobile moins encore. Il suffisait qu'il flattât son orgueil, car elle n'eût assurément pas tué pour voler. Même sanglant, le vol restait le vol. Au lieu qu'un meurtre prémédité, longuement mûri, froidement exécuté, assumé sans remords, consomme au plus juste prix cette rupture totale, définitive, avec la société des hommes, son ordre détesté. C'est une manière de suicide, moins la chute immédiate, le vertigineux glissement vers le néant. Du moins laisse-t-il un répit, si court soit-il et ne durât-il que le temps de jouir un instant de cette solitude sacrée qui ressemble à celle du bonheur ou du génie.

Elle en jouissait maintenant. Et il ne lui déplaisait pas de penser que cette jouissance était précaire, que la société bafouée saurait bientôt venger son injure. La disproportion entre la gravité de l'acte qu'elle venait de commettre et sa pauvre joie mêlée de satiété, de dégoût — pareille à celles qui suivent toute forte dépense de l'être, malédiction sur l'homme, cercle infernal, dérision — commençait d'éveiller dans son cœur une rage sourde qu'elle tournait peu à peu contre elle-même. En cet instant, elle n'eût pas fait un geste pour fuir, et à la vérité, elle jugeait déjà toute fuite inutile. Son imagination n'était jamais allée au-delà du meurtre, et voici que, le meurtre accompli, elle découvrait — ainsi qu'au détour d'une route — une perspective nouvelle. Il fallait qu'elle achevât ce qu'elle avait commencé, car cette dernière scène donnerait seule au drame son sens. En un éclair, elle se vit debout devant ses juges, comme à présent devant sa chétive proie, immobile, muette, les yeux mi-clos, n'opposant à l'accusation que silence et mépris, un inflexible silence. L'idée de reprendre demain l'ancienne vie au point où elle l'avait laissée

— dans le minuscule appartement détesté ou, pourquoi pas ? à la table du vieux Ganse — lui semblait trop ridicule pour qu'elle s'y arrêtât. Et tout à coup, rien ne lui parut plus facile, merveilleusement simple et facile, que d'attendre le retour de la gouvernante — avec au cœur, déjà, ce pincement de curiosité, d'impatience, qu'elle reconnaissait bien, qu'elle avait senti chaque fois aux heures décisives, et par exemple en face d'un autre cadavre, celui du bel amant à la tempe crevée, dans la chambre de palace, avec ce sang noir sur la carpette bleue, la fade odeur mêlée au parfum de l'ambre et du tabac anglais.

Elle ramassa la lampe tombée à terre, chercha vainement son sac, et pensant qu'il avait dû lui échapper dans l'escalier, sortit tranquillement de la chambre, tâta chaque marche une à une, ne le retrouva qu'au bas du perron, déjà trempé de rosée. Elle remonta du même pas, alluma son briquet sans même prendre la peine de fermer les volets, regarda froidement à ses pieds. La dame de Souville était étendue face contre terre. Son châle, arraché dans la lutte, laissait à découvert la nuque grise, absolument intacte. Le chenet de bronze l'avait atteinte beaucoup plus bas, presque entre les deux épaules, où une large tache sombre, aux bords luisants, s'étalait sur l'étoffe de serge noire. Le cou bizarrement dévié vers la gauche donnait à la tête une position si singulière qu'elle paraissait presque détachée du tronc.

Aussi naturellement qu'elle eût accompli une besogne indifférente, elle prit le léger cadavre entre ses bras, le porta machinalement jusqu'au lit. C'est alors que, glissant sa main par-dessous à la hauteur des épaules, elle sentit la vertèbre céder sous ses doigts.

Autour d'elle la chambre avait repris son aspect paisible, familier. Très vaste, elle semblait vide. Des bûches d'un bois vert achevaient de se consumer en sifflant et crachant au fond de la haute cheminée de brique avec son encadrement de pierre tendre, polie comme le marbre. A l'autre extrémité de la pièce, face au lit, un bureau Louis XVI, dépouillé de ses cuivres, était encore encombré de papiers dont le courant d'air avait éparpillé une partie sur le carreau. Par l'entrebâillement de la porte, Mme Alfieri vit qu'un certain nombre, plus légers, avaient même dépassé le seuil, jonchaient les marches de l'escalier. Elle alla les ramasser, puis du même geste machinal, descendit fermer la porte d'entrée, remit la chaîne à son crochet. Elle semblait agir ainsi sans aucun dessein — du moins conscient — ou peut-être par un pressentiment confus.

Ces précautions prises, elle rentra dans la chambre, ferma la fenêtre, tira les rideaux de cretonne dont l'odeur vieillotte, un peu poivrée, remplit la pièce. Il lui semblait qu'elle n'avait plus désormais qu'à attendre le retour des deux femmes. Elle imaginait, non sans une secrète, et inavouable complaisance, leur effroi, leurs cris, leur fuite éperdue, l'arrivée des rustres, leurs questions auxquelles elle n'opposerait que ce dédaigneux silence. Et tout à coup un trait de lumière : Mainville.

Chose extraordinaire, incroyable, depuis des heures le souvenir de son amant s'était comme effacé de sa pensée. L'acte qu'elle venait de commettre paraissait même l'avoir aboli. Il surgissait maintenant de nouveau, mais ainsi qu'une pâle image, incapable d'éveiller en elle un autre sentiment qu'une pitié encore vague, confuse, et pourtant déjà déchirante. Non, ce n'était pas pour cet enfant sans cœur, la jolie bête féroce et caressante, qu'elle allait donner sa vie ! Mais le mensonge de son triste amour se dissipant peu à peu, elle comprit qu'elle avait chéri en celui-ci comme en l'autre, une sorte de faiblesse complice. Et une pitié, jamais ressentie, crevant son cœur, parut inonder sa poitrine d'un jet si brûlant qu'elle y porta les deux mains, avec un cri de douleur. Les larmes jaillirent de ses yeux.

Elle se laissa tomber en face du petit bureau, appuya dessus ses deux coudes, la tête entre les mains. Il fallait fuir maintenant, coûte que coûte, fuir à tout prix. C'est du moins ce qu'elle s'efforçât de répéter à voix basse, comme pour se familiariser de nouveau avec un dessein si différent de celui qu'elle avait formé un moment plus tôt. Le désordre de son esprit était si grand qu'elle ne réussissait même pas à se représenter, si vaguement que ce fût, la route parcourue à travers le parc. Le changement d'itinéraire, presque insignifiant pourtant, lui paraissait un obstacle insurmontable. Pour ne pas se perdre, elle n'imaginait rien d'autre que descendre à tout risque jusqu'au village, pour y reprendre la route déjà parcourue jadis et, contournant le parc, atteindre le chemin de Sommièvre, où elle avait laissé sa machine. Mais lui laisserait-on le loisir de cet énorme détour ? Et d'ailleurs elle ne se faisait aucune idée nette du temps écoulé depuis le crime. Elle se leva en titubant, les mains pressant ses tempes, le regard fixé sur la muraille grise. C'est alors qu'elle aperçut à la hauteur de son front un papier fixé au mur par une épingle. Elle le lut d'abord sans en comprendre le sens, puis se décidant tout à coup, alla jusqu'au seuil, jeta un dernier regard sur l'escalier, vit chaque chose en ordre, et ferma la porte derrière elle à double tour.

C'était tracé d'une écriture un peu tremblée, mais avec minutie — chaque paragraphe séparé par un large blanc — un compte rendu des courses faites à Souville sans doute au cours de la journée, suivi de ces quelques lignes, le tout évidemment de la main de la gouvernante :

« Je vais maintenant chez Sauvestre, je paierai aussi la note du charbon, puis nous irons probablement aider Philomène à mettre en ordre le presbytère. Si nous ne sommes pas rentrées à 6 h 30, veuillez fermer la porte, j'ai la clef. Je ferai le compte de Madeline, vous l'aurez demain matin avec le relevé des factures. Votre déjeuner ne sera pas prêt avant 8 heures à cause de la messe. N'oubliez pas votre potion à minuit. J'ai changé l'eau de la carafe. Je vous souhaite respectueusement une bonne nuit. »

L'affreuse ironie de ces derniers mots ne l'émut guère. Son cœur affolé battait violemment contre ses côtes et elle sentait dans la bouche cette même saveur salée, ce goût de larmes. Elle était libre jusqu'au matin ! La dame de Souville devait se coucher de bonne heure, ou du moins consigner sa porte. En son absence, peut-être, la gouvernante appelée au village avait pu laisser ce papier. Ou plus probablement en agissait-elle ainsi d'ordinaire avec sa vieille maîtresse sourde qui, en dépit d'une cataracte menaçante, voyait mieux qu'elle n'entendait. Quoi qu'il en fût, pour la première fois depuis le matin, le hasard venait de servir Simone et d'une manière merveilleuse. Comme à chaque heure capitale de sa terrible vie, elle sentait brusquement renaître en elle cette espèce de lucidité à peine humaine, une attention décuplée, la ruse et la force d'une bête.

Fouillant les tiroirs, elle en dispersa le contenu à travers la chambre, l'éparpilla du bout de sa bottine. La serrure de l'armoire lui donna plus de peine, mais elle réussit cependant à la forcer en s'aidant d'un coupe-papier de bronze.

EXTRAIT DU CATALOGUE LIBRIO

CLASSIQUES

Le livre à 10 F

247

Achevé d'imprimer en Europe
à Pössneck (Thuringe, Allemagne)
en septembre 1998 pour le compte de EJL
84, rue de Grenelle 75007 Paris
Dépôt légal septembre 1998

Diffusion France et étranger : Flammarion